世界文學

經典名作

愛麗絲鏡中奇遇

THROUGH THE LOOKING-GLASS
LEWIS CARROLL

路易斯・卡羅 著
李樺 譯

前言

愛麗絲本來只是一個平凡的女孩，過著平凡的生活，直到有一天，她掉進兔子洞，在仙境展開一連串的冒險。這個奇幻的世界有瘋狂的茶會、龍蝦的四對方塊舞，還有被偷的糕點。總之，一切事物在這裡都是「越來越奇怪」……

愛麗絲的第二場奇遇則始於她穿越過鏡子，而發現一個「什麼都相反」的世界。這個世界居住著各種西洋棋子和各式各樣奇怪的兒歌人物。這裡有蛋頭亨普地・當普地（矮胖子——他相信任何字都可以照他的高興，變成他要的意思），有迪威爾頓（特老大——他因為弟弟弄壞了他「好看的新響尾蛇」而變得脾氣暴躁），還有擅長驚人發明的點子白武士。

愛麗絲很快就發現，在「仙境」與「鏡子國」裡的每一件事，都是令人大開眼界！

這些奇幻的冒險已經不知道風靡了多少老老少少的讀者。

《愛麗絲漫遊仙境》是卡羅有一次興之所致，給友人的女兒愛麗絲所講的故事，寫下後加上自己的插圖送給了她。後來在朋友鼓勵下，卡羅爾將手稿加以修訂、擴充、潤色後，於一八六五年正式出版。故事講述了一個名叫愛麗絲的小女孩，在夢中追逐一隻兔子而掉進了兔子洞，開始了漫長而驚險的旅行，直到最後與撲克牌紅王后、紅國王發生頂撞，急得大叫一聲，才大夢醒來。這部童話以神奇的幻想，風趣的幽默，盎然的詩情，突破了西歐傳統兒童文學道德說教的刻板公式，此後被翻譯成多種文字，走遍了全世界。卡羅爾後來又寫了一部姐妹篇，叫《愛麗絲鏡中奇遇記》，並與《愛麗絲漫遊奇境記》一起風行於世。

路易斯·卡羅生於一八三二年一月二十七日。他本來是一位傑出的數學家，在牛津事業發達；他同時也因從事兒童攝影和成人肖像而知名。《愛麗絲夢遊仙境》在一八六五年一出版就立刻造成轟動。一八七一年，卡羅出版《愛麗絲鏡中奇遇》。這兩本書改寫了兒童文學史，因為終於有人把兒童書寫得又益智又有趣。路易斯·卡羅在一八九八年一月十四日去世。

《愛麗絲鏡中奇遇》的誕生

伊蓮娜・葛拉漢

在《愛麗絲夢遊仙境》的開頭：「這個故事是怎麼開始的」中，我們已經介紹了牛津基督教會的數學講師查爾斯・道吉森在《愛麗絲》中搖身變成路易斯・卡羅，而原來的愛麗絲則是學院院長的女兒愛麗絲・利朵。

《愛麗絲鏡中奇遇》是在《愛麗絲夢遊仙境》上市六年後（一八七一）出版的。第一本書的成功遠遠超過作者的預期。

自從他在書中把愛麗絲送進兔子洞而發現一個全新的世界之後，這些年間，卡羅又為愛麗絲和她的姊姊們說了許多故事。他教愛麗絲在河上划船，而在冬天則教她如何下棋；他編了許多故事來解說棋子移動的規則。所以當他考慮要為愛麗絲寫一本續集時，他已經有了滿腦子的點子；只要想出最好的方式來串連這些小故事就成了。

愛麗絲・利朵仍然是他的靈感來源；因為她，六十多年之後，點點滴滴的回憶仍使我們想起他們在河上的划船課，以及那令人得意的一天。當愛麗絲和姊姊們終於可以把槳面翻平，在本書第五章內的那個笑話，當船上與愛麗絲在一起的老山羊不停地大喊：「翻平！翻平！」也許就是從這裡來的吧！她也記得在道吉森家裡，她、姊姊們和他一起坐在大沙發裡所聽的故事。他抄起手邊的任何一張紙片，用畫畫來解說他的故事。每當她們為他說的天馬行空、笑得樂不可支時，他就為她們拍照。她們也喜歡這樣，尤其是他讓她們進暗房，看照片如何顯影。當他輕輕地搖動碟子，她們看到自己的影像逐漸浮現出來，那實在太令人興奮了。

當《愛麗絲》被改編成小型輕歌劇在舞台上演出時，卡羅在《劇場》雜誌（一八八七年四月號）的文章中指出：「幾乎其中的一切想法與話語都是自然而成的。」他又加了一句：「我可不能讓發明像鐘一樣，要上發條才能走。」

當時他是不需要耽心沒有發明的，但卻需要一些天才來鋪陳全書的架構。之前他把愛麗絲送到地底下去經歷一連串的冒險，但是這次不能再依樣畫葫蘆了；而僅僅一個棋子王國也不能讓他滿意，雖然在這本書的開頭，他自己的化身的確是把主要角色都視為棋子，而且還以圖表顯示有待解決的問題。

他仍舊反覆思索寫書的種種問題。當他到倫敦時，偶然在肯新頓廣場聽到孩子們在遊戲時叫其中一個小女孩「愛麗絲」。他把她叫過來（她的名字是愛麗絲・雷克），告訴她，他喜歡愛麗絲；他請她到屋內，把一個橘子放在她手裡，問她是在哪一隻手裡。

「在我的右手裡。」她說。

「好！現在走到鏡子前面，看看橘子是在哪一隻手裡。」

他說。愛麗絲走到鏡子前，若有所思。

「現在橘子在左手裡。」

卡羅問她能不能解釋為什麼。

她遲疑了一會兒，然後說：「如果我站在鏡子的另一邊，橘子還會在我的右手裡嗎？」

他對她的回答很滿意，這也使他下了決心。

他的新書裡的那個「奇幻世界」就設在鏡子的另一邊。

剩下的問題是要怎麼把愛麗絲弄到那裡？解決的方法是讓愛麗絲威脅她的貓黛娜，如果不好好坐著，就要被送到「鏡子之屋」。當她爬到壁爐架，想看看她要把貓送去的地方是什麼樣子，故事就從這裡展開了……

利朵家那時真有一隻貓就叫黛娜；其實該說是兩隻虎斑貓，不過卡羅把牠們變成黑白相間

（也許是為了配合黑白色的西洋棋子）；另一隻貓名叫威利肯。而道吉森還知道牠們名字典故的兒歌呢——

當威利肯有天在 garding a-val-i-king，

他對親愛的黛娜說：

「黛娜你快去換新裝，

我會給你漂亮的緞帶！」

他就伊伊唔唔地唱著。

所以呢，就在棋子、小貓及橘子課之間，我們現在熟知的《愛麗絲鏡中奇遇》就成形了。棋子的問題在故事進行中得到正確的解決。但是天馬行空的情節和棋子的移動，是如此巧妙地互相連結，以至於那些不會下棋的讀者，也不會因此而覺得無趣。

就像在《愛麗絲夢遊仙境》中一樣，這裡也有一些兒歌的主角，如蛋頭亨普地．當普地（矮胖子），迪威爾頓和迪威爾弟（特老大和特老二），獅子和獨角獸等。但是愛麗絲．利朵所受的教育現在應該已經超過這些兒歌、禮儀和道德的小小教訓，以及諾曼第民族的遠征等，應該要更上層樓。所以卡羅玩弄丁尼生和華茲華斯的詩，還把國王的使者變成盎格魯．撒克遜人。至於迪威爾頓和迪威爾弟、蛋頭及紅皇后等的簡單邏輯，可能顯示道吉森也想教她一些基本的原則。

在前面提到那篇登在《劇場》雜誌的文章中，卡羅曾描述了他心目中的一些角色。首先是愛麗絲：「要既可愛又溫柔，像小狗一樣可愛，像小鹿一樣溫柔；對每個人都有禮貌，不論地位高低，不論偉大或古怪，是國王或毛蟲，都一律殷勤有禮；相信別人，好奇心強——這份天大的好奇是帶著快樂童年享受生活的心。」至於兩位皇后：「當然都要在她們的古怪言行外，還保持一份皇后的威嚴。我把紅皇后描寫成復仇女神一般，冷酷又鎮定；這正是所有家庭教師的典型！至於白皇后，在我的幻想中則是溫柔、愚蠢、肥胖又蒼白，像嬰兒般無助；臉上總是有一種遲緩又迷茫的神情，暗示著低能……在威奇．卡林斯的小說《沒有大名！》中的瑞格太太和白皇后，簡直是雙胞姊妹！」

值得玩味的是，卡羅在《愛麗絲鏡中奇遇》第二章「活生生的花園」是怎麼看待丁尼生。卡羅曾說他和叔叔很迷這位桂冠詩人。他把《摩德》詩中的一堆花名全搬到《鏡中奇遇》，如玫瑰、燕草、百合、雛菊、西番蓮等。雖然當他得知西番蓮在宗教上的象徵意義後，就把它改為卷丹花（西番蓮被西班牙傳教士認為比花的花冠耶穌受難時的荊棘條）。

丁尼生的詩是這麼寫的——

有一顆晶瑩的淚珠從
大門的西番蓮身上掉下來。
她來了？我的鴿子，我親愛的；
她來了，我的生命，我的命運？
紅玫瑰喊著：「她來了，她來了！」
白玫瑰哭著：「她遲了！」
燕草傾聽著：「我聽到了，我聽到了！」
百合低語著：「我在等！」

她來了，我的天，我的寶貝？
要不是她的腳步如此輕盈，

我的心會聽到她而怦怦作響，
要不是她在土地上安息。

卡羅把紅皇后當成是花朵們口中的「她」。

「她來了，」燕草喊著：「我聽見她的腳步聲，咚咚，咚咚，沿著碎石路走來！」

事實上，道吉森在幾年前曾見過丁尼生，留下這樣的描述：「他是一個其貌不揚的怪人，他的頭髮和鬍鬚都長得亂糟糟的沒有整理；這就是他臉上的特徵。至於他的舉止則自始都很和藹而友善。他說話時帶有一絲隱約的幽默。我趁這次見面的機會詢問兩段詩句的意思……他說沒有一首詩比《摩德》更被『城裡的傻子們』誤解了。」

〈白武士之歌〉有許多不同的歌名，像是〈海魚的眼睛〉、〈很老很老的人〉、〈計策和法門〉，或是〈坐在大門上〉。這首諷刺詩是針對華茲華斯又長又散漫的〈決心和獨立〉而寫的。所以卡羅開頭寫的「我要盡我所能告訴你一切，但其實沒有什麼好說的。」就是戲謔地挑戰華茲華斯沉思的田園之歌。原詩的老人在七節冗長的詩句後出場，被形容成「這個最老的人似乎總是頂著一頭白髮。」

三十行詩之後——

……他以手杖翻攪著池水，
定定地看著
泥濘的池水。

當被問及「靠什麼維生？」時，這老者回答說——

……他來到這水邊，
採集水蛭，年老而貧窮；

……

他漫步在池與池之間，荒野與荒野間，
靠著老天的幫助，選擇或隨機尋找下榻之地，

如此他掙得了榮譽的名聲，

……

我再一次急切地詢問他？

「你如何生活，靠什麼維生？」

他微微一笑，再次重覆說：

探集水蛭，長途跋涉？

他四處游走。

比較起來，全書其它的諧擬都是溫和之作了「愛麗絲對著鏡子中的世界說」（第九章）當然是諧擬自邦妮．唐地——

克雷夫對與會的王公們說？

「在國王的王冠落下前，有一些王冠要先打破，

所以，每一個愛護名譽及我的騎士們，

上前跟隨邦妮．唐地的軟帽！」

〈海象和木匠〉一詩的韻律則是來自湯姆．胡德的〈尤金．阿蘭〉。

〈傑伯沃基〉（第一章），這首天馬行空的怪詩以鏡子倒影的方式印刷出來，引起最多的騷動。不少人對它的出處大加臆測。其實事情的真相是，道吉森在二十出頭時，於他自己出版的《密墟．魅墟》雜誌裡寫下生平第一首詩，命名為〈盎格魯．撒克遜語之詩〉。他用古英語及現代英語各寫一次，還加上字彙索引，並附上粗魯的英文直譯。這份字彙索引的意義有點不同於《愛麗絲鏡中奇遇》的那首詩，所以翻譯是這麼說著：「傍晚時，光滑活躍的小貓正在搔癢，並且在山丘旁打無聊的洞。鸚鵡都悶悶不樂，所有的鳥龜都吱吱地叫。」

幾年之後的某個暑假，道吉森在巽德蘭市與表兄弟們玩作詩比賽時，又給這首詩加油添醋。別人常常請他解釋這首詩。也許他對此最後的告白是一八七七年十二月寫給年少時的朋友摩德．史坦得的信：「我無法向你解釋『渦勃的葉片』是什麼意思，我也不能說明『道吉的木頭』是什麼玩意；不過有次我倒是解釋了什麼是『非魚的想法』！它也許是表達一種情緒狀態，也就是聲音粗氣，舉止粗魯，而脾氣粗暴。再說『burble』好了，如果你把這三個動詞：低沈地鳴叫（bleat）嗡嗡地低語（murmur），以及顫聲地說話（warble）中，我畫線的字母拼在一起，就是burdle了，雖然我講不清這個字是不是這樣造來的。」

《愛麗絲鏡中奇遇》中並沒有明顯指出盎格魯·撒克遜語的淵源，這些詩都是以鏡子國的語言發表；但是我們會記得，國王的使者都是盎格魯·撒克遜人，嗨咦哈（Haigha）的發音「與市長押韻」，但涅爾把它畫成一隻兔子，正是盎格魯·撒克遜的使者，具有根深柢固的盎格魯·撒克遜態度。但涅爾是根據牛津大學圖書館的Caedmon MS而畫的。國王的另一個使者，哈達，也同樣是盎格魯·撒克遜人。這兩個人當然都是——瘋了——三月兔和瘋狂帽商。

卡羅委託塞維爾·克拉克把《愛麗絲》改編成輕歌劇，又為此增添了一段詩——

這是龍蝦的聲音；我聽見他宣布，
「你把我烤得太焦了；我得在頭髮加糖衣。」
就像鴨子用自己的眼瞼，
牠用自己的鼻子，

整整腰帶和鈕釦，
伸出腳趾向前走。

當沙灘一片乾躁，他就高興得像隻雲雀，
談起鯊魚一臉不屑；
但是當潮水漲起，鯊魚出現，
他的聲音就發抖了。

走過他家的花園，我用左眼往裡瞧，
看見貓頭鷹和美洲豹在那兒分一個派；
美洲豹拿走派皮、肉湯和派餡，
貓頭鷹只有拿空盤的份。
在分刀叉時，貓頭鷹得到恩賜，

分到一柄湯匙到口袋；
但是美洲豹拿到刀子和叉子，
所以，當他失去控制時，貓頭鷹也失掉了生命。

對第二隻牡蠣，他寫道——

哀哉，正在哭泣的海象，你的眼淚全是騙人；
小孩貪吃果醬，你卻更貪吃牡蠣。
你想要牡蠣給你加加菜；
對不起，正在哭泣的海象？我踩到你的胸腔。

查爾斯・道吉森一八四四年的第一份成績報告單上是這麼寫著：「他越來越展露驚人的天才，能把文法中單調普通的名詞和動詞用自己明確的類推來代替。這項缺點只要時候一到，就會銷聲匿跡……你大可以期望他有光明的前途。」

這份驚人的天才顯然沒有消失，反而成就了《愛麗絲鏡中奇遇》，使它成為最常被引用的英文書之一。很多人都有自己最喜愛的詩句，卻不知道正是出自這本書。我自己呢，最常浮現腦海的要算是蛋頭說的「榮耀歸你！」與「我是說，不可入性。」以及紅皇后的「你得不斷奔跑，才能留在原地。」（譯注：兩個物體不能同時在一個地方）在「不可入性」一詩中，他說：「我們這問題已經談得夠多了，還不如說說你下一步要作什麼。我想你不會一輩子停在這裡吧！」這段話正適合作我這篇文章的結尾。

目錄

路易斯・卡羅和《愛麗絲鏡中奇遇》的寫作／009
前言／020
*
第一章　鏡中屋／027
第二章　活生生的花園／044
第三章　奇異的昆蟲／059
第四章　特老大和特老二／074
第五章　羊毛和水／090

第六章　矮胖子／114
第七章　獅子和獨角獸／135
第八章　「這是我的發明」／150
第九章　愛麗絲女王／173
第十章　搖／196
第十一章　醒／197
第十二章　誰夢見了誰？／198

前言

就如前面所說，棋子的問題困惑了一些讀者；不過就走位而言，這是可以解決的。紅白棋相問可能沒有那麼嚴格的遵守規則，所謂的「築城」只是用來表示三位皇后進入了皇宮。但第六動白國王的「將軍」，第七動捕捉紅武士，以及最後「圍攻」紅國王，如果讀者願意照本宣科，把棋子排出，對著書走一遍，就會知道這是嚴守下棋規則的。

在〈傑伯沃基〉一詩（見第一章）中的新字，也造成一些閱讀及發音上的困擾，所以在此也提供一些指示：「Slityy」（滑溜溜）發音像「Sly」（狡滑）及「the」兩個字，「Gyre」及「Gilnble」的G要發硬音；至於「rath」的發音要和「bath」押韻。

出場人物表
（棋局開始之前）

白方		紅方	
棋子	士兵	士兵	棋子
皇后側城堡	雛菊（黛絲）	雛菊（黛絲）	皇后側城堡
皇后側騎士	信差、使者	信差、使者	皇后側騎士
皇后側主教	牡蠣	牡蠣	皇后側主教
白・皇后	百合花	卷丹	紅・皇后
白・國王	小鹿	玫瑰	紅・國王
國王側主教	牡蠣	牡蠣	國王側主教
國王側騎士	青蛙	青蛙	國王側騎士
國王側城堡	雛菊	雛菊	國王側城堡

〈紅方〉

〈白方〉

白方步兵（愛麗絲）起手，於第十一步獲勝

1. 愛麗絲遇紅方皇后	211	1. 紅方皇后移到國王側騎士第四格	215
2. 愛麗絲經皇后第三格	220	2. 白方皇后至皇后側主教第四格	220
走到了第四格	232		
3. 愛麗絲遇白方皇后	250	3. 白方皇后至皇后側主教第五格	258
4. 愛麗絲移至皇后第五格	258	4. 白方皇后至國王側主教第八格	266
5. 愛麗絲走到皇后第六格	267	5. 白方皇后至皇后側主教第八格	292
6. 愛麗絲走到皇后第七格	284	6. 紅方騎士至國王第二格	299
7. 白方騎士取下紅方騎士	300	7. 白方騎士至國王側主教第五格	316
8. 愛麗絲走到皇后第八格	317	8. 紅方皇后至國王格內	320
9. 愛麗絲成為皇后	319	9. 皇后以城堡保護國王	329
10. 愛麗絲以城堡保護國王	332	10. 白方皇后至紅方皇后第六格	332
11. 愛麗絲取下紅方皇后獲勝	341		

眉頭開展的孩子
睜著好奇的雙眼！
雖然光陰似箭，
你和我年紀相差一大截，
你可愛的微笑當然會歡迎
一個童話的愛之禮物。

我沒有看過你開朗的童顏，
沒有聽過你銀鈴般的笑聲，
也知道在你往後的年輕歲月
不會有我的存在——

但是現在你不會錯過
聽我說一個童話故事。

這個故事在前幾天展開，
當夏天的太陽在河上閃耀——

一聲鐘響？就用來打拍子。
我們划漿的韻律，
它的回音會留在記憶，
雖然善妒的歲月會要它遺忘。

來吧，聽著，在恐懼的聲音
充斥痛苦的消息之前，
在它召喚到不被歡迎的床前，
一個憂鬱的少女！
親愛的，我們不過是一些老小孩，
每要上床睡覺就滿心不情願。

在門外，是寒冷的冰霜和刺骨的白雪，
暴風瘋狂地刮著——
在室內，火光暖融融地烤著，
是孩子高興玩耍的窩。
神奇的語言把你緊緊攫住，
忘卻了窗外的嚴寒。

雖然嘆息的陰影
會在故事之間顫抖，
因為「快樂的夏日」已逝，
夏日的榮耀也消失無蹤，
但是它的悲嘆不會打擾
我們歡愉的童話。

第一章、鏡中屋

有一點是可以肯定的，那就是小白貓並沒錯，全得怪小黑貓。因為在這一刻鐘裡，小白貓一直在讓老貓幫牠洗臉，而且可以說牠一直在乖乖地忍受，所以接下來的這場亂子，牠並沒有一點責任。

老貓黛娜是這樣為她的孩子洗臉的：先用一隻爪子揪過小傢伙的耳朵按定牠，再用另一隻爪子擦洗整張臉，而且是從鼻子開始倒著往上擦的。現在，就像我剛才說的，黛娜正在使勁地對付小白貓，小白貓則老老實實地躺在地上，還努力要發出滿意的嗚嗚聲呢——顯然牠明白，這一切都是為了牠好。

但在那天下午，小黑貓已經先洗完了，所以當愛麗絲蹺縮在大安樂椅的一角，在困倦的迷糊中嘟嘟噥噥時，小黑貓正在大玩特玩愛麗絲怎麼也纏不好的那個毛線團，把它滾來滾去，弄得完全散開了。現在這團全是疙瘩和結頭的毛線亂糟糟地攤在壁爐前，小黑貓就在這一團糟中轉著圈圈追自己的尾巴。

「噢，你這個壞蛋小東西！」愛麗絲叫道，抓起小貓輕輕吻了一下，表示自己已經不喜歡牠了。「真的，黛娜應該教你懂規矩！黛娜，你也明白應該這樣做！」愛麗絲責備地瞧著老貓，盡力顯出嚴厲的口氣，然後她又抱起小貓和毛線圈回到安樂椅上，重新開始繞起毛線團來。可是她做得並不快，因為她一直在不停地說話，一會兒對小貓說，一會兒對自己說。小貓乖乖地坐在她的膝上，瞪著眼瞧她繞毛線，不時伸出爪子輕輕碰一碰線團，好像牠也挺想幫一把似的。

「你知道明天是什麼日子嗎，小貓咪？」愛麗絲問：「要是你剛才跟我一起趴在窗口，你就會猜著了。但是那時黛娜正在給你洗臉，所以你沒能見到。我可是看見男孩們正在準備燒篝火用的柴禾——小貓咪，那可得好多柴禾呢！但是天太冷，雪又太大，他們只好都回去了。沒關係，小貓咪，明天我們一塊兒去看篝火。」說到這兒，愛麗絲用毛線在小貓脖子上繞了幾圈，看牠怎麼辦——這下可好，小貓亂撥了一陣，弄得毛線團又滾落到地板上，大段大段地散開了。

「你知道嗎，小貓咪，我真生氣啦！」愛麗絲和小貓重新在安樂椅上安頓好之後，立刻就說：「我看了你幹的這些壞事，真想打開窗子，把你扔到雪地裡去！那樣才叫活該呢！你這個小調皮，還有什麼好說的？別打斷我的話！」她豎起一根指頭，接著往下說：「我來數數你犯了多少錯吧！第一，今天早上黛娜幫你洗臉的時候，你叫了兩次。你別不承認，是我聽見的！你說什麼？」（她假裝小貓在對她說

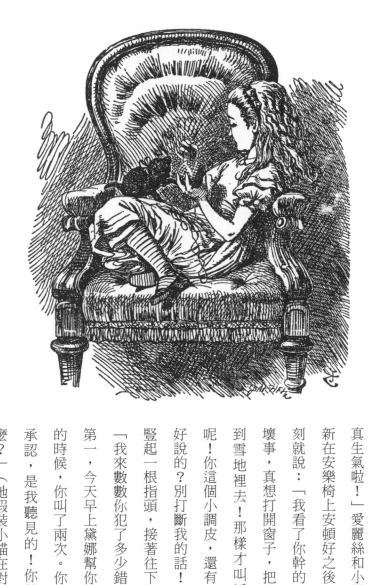

話。）「她的爪子碰到你眼睛裡面了？哼，那也是你的錯，你不該睜著眼嘛！要是你閉緊眼睛，就不會有這種事了。別再找藉口啦，好好聽著！第二，我剛把一碟牛奶放到雪花（就是小白貓）面前，你就拽著牠的尾巴把牠拖走了！什麼？你渴了！是嗎？那你怎麼知道牠就不渴呢？第三，在我沒注意的時候，你把毛線圈全都弄散了！

「一共三個錯，小貓咪，可是你連一次罰都還沒挨上呢！我要把你該受的處罰都存起來，一直到星期三……要是他們也把我該受的處罰都存起來可怎麼辦？」她現在不像是對小貓說，而是對自己說了，「存到年底，他們會對我怎麼樣呢？我想，到了那天，我該進監獄了。要不——我猜猜看——每罰一次就少吃一頓飯——哎呀，等到那個倒楣的日子，我就得一下子少吃五十頓飯了！嘿，真要那麼多我倒不在乎！我寧可少吃五十頓，也不願一下子吃那五十頓！

「小貓咪，你聽到雪花落到窗戶上的聲音嗎？多好聽，多柔和啊！就像有人在外面吻窗戶。我猜，是不是雪花愛那些樹和田野，所以才那麼溫柔地吻它們？你知道，接下來雪花就要用白色的被子把它們厚厚地蓋好，也許還在說：『睡吧，親愛的，一直睡到夏天。』等它們在夏天醒來時，小貓咪，它們都換上了綠色的新裝，一刮風就開始跳舞——噢，那有多美！」愛麗絲叫道，扔下毛線圈拍起手來，「要是一切真是這樣就好了！我覺得秋天樹葉兒變黃的時候，樹林子就像在打瞌睡。

「小貓咪，你會下象棋嗎？嘿，別笑，親愛的，我是在說正經的。因為我們剛才下棋時，你在旁邊瞧著的模樣就像懂得棋路似的；我說『將軍』時，你還高興地直打呼嚕！嘿，那一步可走得真妙，小貓咪，要不是那個討厭的騎士鑽到我的小兵當中，我就贏啦！親愛的小貓咪，讓咱們假裝……」

在這兒，我得告訴你們，愛麗絲說起話來差不多有一半是用「讓咱們假裝」開頭的。就在前天，她還跟姐姐爭了好久，因為愛麗絲說：「讓咱們假裝自己是國王們和王后們。」而她姐姐是事事認真的，便說那辦不到，因為她們一共只有兩個人。最後愛麗絲只好讓步，說：「好吧，你就裝他們中的一個，其餘的都由我來裝。」還有一次，她把自己的老奶媽給嚇了一大跳——她突然對著奶媽的耳朵喊：「奶媽！讓咱們假裝我是一條餓狗，你是一根肉骨頭！」

不過，這話可扯遠了，還是聽聽愛麗絲對小貓在說些什麼吧——「小貓咪，讓咱們假裝你是紅棋王后！你知道嗎，我覺得你要是抱起胳膊，坐直身體，還真像紅棋王后呢！現在來試試吧，這才是好乖乖！」

愛麗絲拿起桌上的紅后，放到小貓面前讓牠照著學。可是事情不怎麼成功。愛麗絲認為，這主要是因為小貓不肯好好地把胳膊交叉著抱起來。為了懲罰牠，愛麗絲把小貓舉起來對著鏡子，讓牠瞧瞧自己的模樣有多傻。「要是你不馬上乖乖聽話，」她說：「我就把你放到鏡子裡頭的那個房間裡去，那時你會覺得怎麼樣呢？

「現在，只要你好好聽著，小貓咪，別那麼多嘴，我就說說我對鏡子房間的想法。首先，這是從鏡子裡能看到的那個房間——它跟咱們的這個起居室一模一樣，只不過一切都翻了個個兒。我爬上椅子，就能看到整個房間——除了壁爐後的那一丁點地方。噢，我要是能看到那丁點地方就好啦！我真想知道他們在冬天是不是也生火。可是，這個你永遠也沒辦法說明白，除非咱們的爐子冒煙，那個房間才會有煙——不過那也許是假裝的，好叫別人以為他們也在生火。還有，這我很清楚，因為只需我把一本書拿到鏡子面前，那個房間裡也會出現一本書。

「你願意住到鏡子房間裡去嗎，小貓咪？不知道他們會不會給你牛奶喝。也許鏡子裡的牛奶不好喝吧?!哦，小貓咪，現在咱們該說說過道了。要是你把咱們房間的門打開，就會看到一點鏡子房間的過道，能看到的那點地方跟咱們的過道一模一樣。不過你知道，再遠一點就可能完全不一樣了。噢，小貓咪！要是我們能走到鏡子房間裡去該有多好玩啊！我相信能辦得到，那裡一定非常漂亮！讓咱們假裝有條路能通到裡面去，小貓咪，讓咱們假裝鏡子玻璃變成柔軟的氣體了，

可以讓咱們穿過去。嘿！我敢說它已經變成一團霧氣了，可以毫不費力地穿過去……」

在她說這些話的當兒，她已經站在壁爐台上了。不過，她一點也不明白是怎麼上來的。而且千真萬確，鏡子在開始溶化了，就像一團閃閃發亮的銀色薄霧。

眨眼間，愛麗絲已經穿過了鏡子，輕飄飄地跳進鏡子裡的房間。她的第

一件事就是去看壁爐有沒有生人，結果高興地發現那兒果真有火，燒得又旺又亮，跟她剛離開的房間完全一樣，「這麼說，這兒可以跟原來的房間一樣暖和了。」愛麗絲想：「事實上，比那裡還要暖和，因為這兒沒有人會把我從爐火旁邊趕開。嘿，這可真好玩，別人從鏡子裡看得見我，卻搆不著我！」

接著她開始四下張望，發現凡是在老房間能看到的地方都很普通，沒什麼意思，可是鏡子看不到的地方就大大的不一樣了。比方說，掛在壁爐這邊牆上的畫全會活動，壁爐台上的那座鐘（你知道，在外面的鏡子裡，你只能看到鐘的背面）居然活像一張小老頭的臉，還衝著她扮鬼臉呢！

「這兒沒有別的房間收拾得那麼乾淨。」愛麗絲看到壁爐的爐灰裡有幾個西洋棋子，心裡暗想。但她馬上就驚奇她「啊」了一聲，趴到地板上注視起這些棋子來了——它們正在一對一對地散步哩！

「這是紅王和紅后，」愛麗絲悄悄地說，生怕嚇著它們，「坐在爐鏡邊上的是白王和白后。那兒有一對本在手挽手地散步——我想它

們聽不見我說話，」她把腦袋低得更靠近那些棋子了，「我敢說它們也看不見我；我就像是個隱身人……」

這時，愛麗絲身後的桌子上有什麼東西尖叫了起來。她一回頭，正好看見一只白兵在打滾兒，一邊還在瞪眼。她好奇地瞧著它，看接下來還會發生什麼事。

「這是我的孩子在哭！」白后嚷著，從白王身邊衝了過去，用力太大，竟把白王給撞翻到爐灰裡去了。「我心愛的小賴麗！我的寶貝！」白后像發瘋一般，沿著壁爐圍欄往上爬。

「保瘍（寶貝）?!」白王說，一邊摸著摔疼了的鼻子。他當然有權對白后發點牢騷，因為他現在從頭到腳全是爐灰。

愛麗絲是個熱心的孩子，這時可憐的小賴麗已經哭得快要抽風了，她趕緊抓起了白后，把她放到桌上她正在哭叫的小女兒身邊。

白后張著嘴坐下了。這次高速的空中旅行弄得她氣都喘不上來，好一陣子什麼都幹不了，只能抱緊小賴麗，而無法發出聲音。等她剛能透過一口氣，就對悶悶地坐在爐灰裡的白王叫道：

「小心火山！」

「什麼火山？」白王慌慌張張地看著壁爐問，好像那裡會有火山似的。

「把我……噴……上來了，」白后的氣還沒有完全喘過來，「小心點上來……規規矩矩走……別給噴上來！」

愛麗絲瞧著白王跌跌撞撞順著一道道圍欄往上爬，最後忍不住說：「哎呀，照你這個進度，爬到桌上得好幾個小時呢！我還是來幫幫你吧，要不要？」可是白王理都沒理她——顯然他既看不到她，也聽不到她。

愛麗絲輕輕地把白王拿起來，用比移動白后慢得多的速度緩緩將他送上桌子，免得他喘不過氣來。不過白王滿身是灰，所以愛麗絲覺得該給他撣一撣。

後來愛麗絲對別人說，她這輩子從沒見過像白王當時那樣的一臉怪相——也難怪，因為他突然被一隻看不見的手舉在空中，而且還給他撣灰——他嚇得都叫不出聲了，眼睛和嘴巴張得越來越大，越來越圓。愛麗絲笑得手直哆嗦，差點把白王掉到地上。

「噢，天啊，別再做這副怪相啦！」愛麗絲叫道，完全忘了白王根本聽不見她說話，「你讓我笑得快抓不住你了！別把嘴張那麼大，灰全進去啦！嗯，好啦，我想你現在夠乾淨了。」她替他理了一下頭髮，把他放在白后旁邊。

白王立刻直挺挺地躺下了，一動也不動。愛麗絲有點擔心自己剛才的舉動了。在房間裡到處尋找，想弄點水來給他沖一沖。結果只找到了一瓶墨水。當她拿著墨水瓶回來時，發現白王已經緩過來了，正在害怕地跟王后說話，聲音小得愛麗絲幾乎聽不見。

白王說：「說實話，天哪，我的每一根鬍子梢都發涼了！」

對此，白后回答說：「你根本沒鬍子。」

白王仍在說：「那一剎那太可怕了，我永遠也忘不了，永遠！」

白后說：「如果你不做個備忘錄，你就會忘掉的。」

愛麗絲興味十足地看著白王從口袋裡掏出一個好大好大的記事本，開始記備忘錄。她突然興起，從後面抓住了那支在白王肩膀上還伸出好長一截的鉛筆，替他寫起來。

可憐的白王，又納悶又惱火，一聲不吭地跟這支筆掙扎了很久。可是愛麗絲遠比他勁兒大，最後白王氣喘吁吁地說：「天哪，我真該用支細一點的鉛筆！這支筆我根本就沒法使喚，它寫出來的全是些我不想寫的東西……」

「寫了些什麼？」白后問，瞧了瞧那個記事本，（愛麗絲在上面寫的是：「白騎士順著撥火棒往下溜，一點也不穩當。」）「這記的可不是你的經歷！」

愛麗絲旁邊的桌子上放著一本書，在她坐在那兒瞧著白王的時候（她仍有點放心不下，隨時準備在白王再次暈過去時給他灑墨水），她隨意地翻了翻書，想找一段自己會念的——「這裡頭盡是些我不認得的字。」她心想。

那些字她一點也看不懂，納悶了好一陣。最後她終於靈機一動：「哇，這當然是鏡子裡的書啦！只要我把它對著鏡子，所有的字就會恢復正常的樣子了。」

下面就是愛麗絲讀到的那首詩——**傑伯沃基**

風狂陰霾重，
滾滾漫八荒；
迷霧暗翻騰，
怒號達上蒼。

「傑伯沃基乃怪龍，
吾子留意其爪牙！
謹防惡烏加布加，
遠離凶獸班達那！」

男士昂然拔刀劍，
一生唯求此敵戰；
倚身特坦樹下立，
凝神悄待怪龍現。

驀然傑伯沃基出，
雙目噴焰撲人來！
猛樹頓起大狂飄。
天地為之長抖顫。

奮然揮刀殊死鬥，
利刃閃閃貫其首！
棄屍於野提其頭，
勇士榮歸凱歌奏。

「傑伯沃基汝竟誅，
雄哉吾子投吾懷，
但願此榮千秋載！」
男士歡笑樂開懷。

風狂陰霾重，
滾滾漫八荒；
迷霧暗翻騰，
怒號達上蒼。

「這首詩好像挺美的，」愛麗絲讀完之後說：「可是有點不大好懂！」（你看，她甚至對自己都不願承認，這首詩她一點也沒看懂。）「不知怎麼的，它在我腦子裡裝滿了各種各樣的怪念頭，可是又說不清到底是什麼念頭——反正是什麼人殺了什麼怪物，這點我敢肯定，至少……」

「不行！」想到這裡，愛麗絲突然跳了起來，「要是我不把握時間，不等我把這幢房子看

完，他們就會把我送回鏡子那邊去了！我先去看看花園吧！」她立刻出了房間，順著樓梯往下跑。不過準確地說起來不能算跑，而是像她對自己說的那樣，是一種又快又方便的下樓新發明，她只用手指點兒觸到樓梯扶手，腳不沾地般往下滑行。她又這樣滑過了客廳，要不是她一把抓住門框，準會這樣一直滑到門外去了。這樣的空中滑翔弄得愛麗絲有點暈頭轉向了，所以當她又開始正常地走路時，還有點高興呢！

第二章、活生生的花園

「要是我能爬到那座小山上，就能清楚地看到整個花園了。」愛麗絲想：「這裡有條小路是筆直通往山上的，至少……不，不是的……」這條路沒走幾步遠就連拐了幾個陡彎了，「我想它最後怎會通到山上的。可是奇怪，這些彎兒也拐得太急了，根本不像條路，倒像個瓶塞鑽！好吧，我看這回總要通到小山去了吧——哎喲，不對！它又通回房子去了！那好吧，我往另一個方向走走看。」

她就這樣跑上跑下，轉來轉去。但是不管她怎麼走，最後總是回到房子面前。真的，有一次她拐過一個彎時跑得太快了，竟差點撞到房子的牆上呢！

「你怎麼說都沒用，」愛麗絲瞧著房子，假裝房子在跟她爭執，「我現在還沒想進去呢！我知道那樣就會不得不再次穿過鏡子，回到我過去住的房間，再也不會有什麼奇遇啦！」

於是，她堅決地轉過身去，背對房子，再次沿著小路往前走，決心這回一定要不拐彎地徑直走到小山。開頭的幾分鐘裡一切都很順利。可她剛一開口說：「這回我真的成功啦……」那條小路突然自己哆嗦著一扭身（愛麗絲後來就是這樣對人描述的），眨眼間她發現自己實際上是在往房子裡面走。

「噢，這可太糟啦！」她叫道：「我從沒見過這樣老擋人路的房子，從來沒有！」

可是，那座小山清清楚楚地就在眼前，所以除了從頭走起外別無它法。這次她到了一個大花壇前，花壇四周長著一圈雛菊，中央有一棵柳樹。

「哎，萱草花！」愛麗絲對一朵正在微風中悠然搖擺的花兒說；「我真希望你會說話！」

「我們會說話。」萱草花說：「只要遇上值得說話的人。」

愛麗絲吃驚得——有好一會兒說不出話來！這件奇事有點讓她喘不過氣了。最後，由於萱草花沒再說話，只是繼續在風中搖擺，愛麗絲這才膽怯地開了口（不過聲音小得幾乎聽不見）：「所有花兒都會說話嗎？」

「說得跟你一樣棒，」萱草花回答：「而且比你的聲音大多了。」

「你知道，我們先開口不太禮貌。」一朵玫瑰說；「說真的，我剛才一直在想你什麼時候才說話呢！我對自己說：『她的臉蛋看上去還不算笨，可也不能算聰明！』不過你的顏色挺好，這倒挺不錯。」

「我倒不在乎顏色，」萱草花說：「只要她的花瓣兒再翹起一點兒，就很漂亮啦！」

愛麗絲不喜歡被人評頭品足，便開始反問道：「你們怕不怕被移出去？在外面就沒有人照顧你們啦！」

「當中不是有棵樹嗎？」玫瑰說：「它不就是管這個的嗎？」

「但要是發生什麼危險，它能幹什麼呢？」愛麗絲問。

「它會叫。」玫瑰說。

「它會『旺、旺』地叫！」一朵雛菊叫道：「所以人們說，它的枝葉長得挺『旺』的。」

「難道你不知道嗎？」另一朵雛菊叫道。這下所有的雛菊卻嚷起來了，鬧得空中充滿了它們小小的尖叫聲。

「肅靜！你們都閉嘴！」萱草花叫道，激憤地擺來搖去，渾身都在發抖。「它們知道我搆不著它們，」它喘著氣把顫動的腦袋彎向愛麗絲，「不然它們哪敢這樣！」

「別在意！」愛麗絲安慰它說，一邊對雛菊俯下身去，沒等它們再嚷起來，她悄悄地說：「要是你們再不閉嘴，我就把你們摘下來！」

它們立刻不出聲了，有幾朵粉紅色的雛菊被嚇得臉都白了。

「這就對啦！」萱草花說：「這些雛菊最壞了，只要一個開口，它們就會全都嚷了起來。光憑它們的嚷嚷勁兒，就能把別的花兒給吵蔫了！」

「你怎麼能說得這麼好呢？」愛麗絲問，希望這句恭維話能讓萱草花高興些，「我以前到過好些花園，可是，卻沒有一朵花兒能說話的呢！」

「伸出手摸摸這兒的土地，你就會知道原因啦！」萱草花說。

愛麗絲摸了一下。「地很硬，」她說：「但我看不出這跟你們會說話有什麼關係。」

「大多數花園裡的花壇土都弄得太軟，所以花兒們老是在睡覺。」萱草花說。

這好像是個不錯的理由——愛麗絲很高興自己明白了這個道理，她說：「我以前可從來沒想到過！」

「我看你是壓根兒就沒動過腦子。」玫瑰很生硬地說。

「沒見過比她更笨的人啦！」一朵紫羅蘭冷不丁說，把愛麗絲嚇了一跳，因為它剛才一直沒開過口。

「閉嘴！」萱草花叫道：「你壓根就沒見過什麼人！你只會把腦袋藏在葉子底下打呼嚕睡覺，除了知道自己是個骨朵，根本不明白世界上的其他事！」

「花園裡除了我，還有其他人嗎？」愛麗絲小心地問道。她不願去理會玫瑰剛才嘲弄她的那句不好的話。

「花園裡還有一朵像你這樣會走來走去的花。」玫瑰說：「我不知道你們是怎麼會走動的……（萱草花搶白道：「你什麼都不知道。」）可是她比你更茂盛些。」

「她也像我一樣嗎？」愛麗絲急切地問。腦子裡閃過一個念頭：「在這花園裡還有另外一個小姑娘！」

「哼，她那副傻相就跟你一個樣兒！」玫瑰說：「不過，她要更紅一些……好像花瓣也比你的短。」

「她的花瓣收得很緊密，跟大麗花差不多；」萱草花插進來說：「不像你的花瓣那樣──甩來甩去的。」

「但這不是你的錯。」玫瑰很客氣地說：「你知道，你已經開始凋謝了，這時的花瓣是沒法保持整潔美觀的。」

愛麗絲一點也不喜歡這種說法，為了改變話題，她問：「她有時也出來嗎？」

「我擔保你馬上就能看見她了。」玫瑰說：「她是屬於荊棘那一類的。」❶

「她把荊棘放在哪兒呢？」愛麗絲好奇地問。

「嘿，當然是戴在頭上嘛！」玫瑰回答：「我還以為那是個規矩呢，所以剛才一直在想你為

❶ 國際象棋的后棋王冠上有幾個尖頭，因此玫瑰以為它是帶尖刺的荊棘。──譯注

什麼不也戴上荊棘。」

「她來啦！」一株飛燕草叫道：「我聽到她的腳步聲了，咚！咚！咚！順著卵石路來啦！」

愛麗絲急切地望過去，發現來的原來是紅棋王后。「她長大了好多呀！」愛麗絲說。她說得沒錯，第一次在爐灰裡見到紅后時，她只有三呎高，可是現在，她卻比愛麗絲要高出半個頭了！

「這是由於新鮮空氣的緣故。」玫瑰說：「這裡的戶外空氣真是好極啦！」

「我想我應該上去迎接她。」愛麗絲說。雖然這些花兒都非常有趣，可是她覺得要是能夠同一個真正的王后說話，那該有多棒啊！

「你辦不到的！」玫瑰說：「我勸你朝另一個方向走。」

愛麗絲覺得這話毫無道理，所以沒有回答，徑直朝紅后走去。奇怪的是，一眨眼功夫紅后就不見了，而自己正再次走進房子的前門。

她有點納悶地轉回身來，四下張望紅后在哪兒，最後好容易瞧見紅后在很遠很遠的前面。愛麗絲想，這次不妨試試玫瑰的建議：朝相反的方向走。

果然，這次非常成功，她走了還不到一分鐘，就發現已經面對面碰上了紅后，而她找了那麼久的小山也就在眼前了。

「你從哪兒來？」紅后問：「要往哪兒去？抬起頭來，好好說話，別老玩手指頭。」

愛麗絲恭恭敬敬地聽著，並盡力解釋說她找不到自己的路了。

「我不懂你說『自己的路』是什麼意思？」紅后說：「這裡所有的路都是屬於我的——你究竟為什麼要跑到這兒來呢？」她的口氣放緩和了些，「在你考慮該說什麼時可以行個屈膝禮，來爭取時間。」

愛麗絲對這些話有點摸不著頭腦，但她太敬畏王后了，沒法懷疑她的話。「以後回家我吃飯遲到的時候，倒可以試試這個辦法，好爭取時間。」她想。

「現在你該回答問題了。」紅后看了看懷錶說：「說話時把嘴再張大一些，得不斷地稱呼

『陛下』。」

「我只是想來瞧瞧花園的樣子，陛下……」

「這就對了！」紅后說著拍拍愛麗絲的腦袋，可愛麗絲對此非常反感，「但你說的是『花園』。跟我見過的那些花園比起來，這裡只能算是荒野。」

愛麗絲不敢同王后頂嘴，但仍接著往下說：「我是想，我還得設法找到那座小山……」

「你說『小山』！」王后揮嘴說：「我倒想讓你看幾座小山和這些小山相比，你所說的小山只不過是一個山谷罷了！」

「不，這不可能！」愛麗絲說，她驚奇地發現自己竟敢同王后頂了嘴，「你知道，小山就是小山，不是山谷；你的話毫無道理。」

紅棋王后搖搖頭說：「你可以認為我的話毫無道理，可是和我聽到過的沒道理的話相比，這要比字典上的話還有道理呢！」

從王后的語調中，愛麗絲覺得王后有些不高興了。她有些不安，因此又行了個屈膝禮。她們默默地朝前走著，一直走到了那座小山。

愛麗絲一聲不吭地站了幾分鐘，朝四周的田野望去。

這真是一片非常奇怪的田野，有許多小溪。這些小溪都是從這頭流向那一頭的，田野之間被許多綠樹籬笆隔成一塊塊小方塊與小溪相接。

「我敢說，這真像一個大棋盤！」愛麗絲終於開口說話了，「要是這上面有些棋子走動該多好呀……啊，那裡真的有些棋子在走來走去呢！」她的心快樂地跳了起來，她興奮地繼續說：「這裡正在進行一次大規模的國際象棋比賽呢！你知道嗎？如果是世界級的，全世界的人都會來參賽的。啊，真有趣！我多麼希望我是其中的一員呀！如果我真的能參加，就是做一名小卒子我也願意。當然啦，我最好能當一名王后。」

當她說這話時，覺得挺不好意思，便悄悄地看了看真正的王后。但她的同伴只是愉快地笑了笑，然後說：「這並不難！如果你願意的話，可以做白棋王后的小

卒。賴麗太小了，她不適合參加比賽。你現在正好在第二格。就從第二格開始走吧！當你走到第八格時，你就可能當王后了。」說到這裡，也不知怎麼搞的，他們就開始跑了起來。

後來，當愛麗絲回想起這些事時，怎麼也不明白她們怎麼會突然跑了起來呢。她只記得，當時她們跑的時候互相牽著手，王后跑得飛快，愛麗絲只能拼命跟著。

王后邊跑邊大聲叫道：「快！快！」愛麗絲覺得自己已無法再快了。她喘得一句話也說不出來。

這當兒最奇怪的是，他們周圍的樹木和其它東西一點也沒有改變原來的位置。不管她們跑得多快，她們似乎難以超過任何東西。「真奇怪，是不是我們周圍的所有東西都在和我們一起朝前跑呢？」可憐的愛麗絲覺得非常納悶，她一直在思索著。

王后好像猜透了她的心事，所以她大聲叫道：「快些！別說話！」愛麗絲可根本沒有打算說話，她已上氣不接下氣，自以為再也說不出話了。而王后還在不停地叫道：「快些，再快些！」硬拖著她拚命往前跑。

「我們……快到了嗎？」終於，愛麗絲氣喘吁吁地說出了這句話。

王后回答說：「什麼快到了？十分鐘前就已經過啦！快，還不快點！」接著，她們又默默地跑了好一陣。此時，愛麗絲只聽見耳邊呼嘯的風聲，她覺得自己的頭髮幾乎快被吹掉了。

「快，再快些！」王后還在不停地嚷嚷著。她們飛快地跑著，似乎兩腳騰空，像在空中滑行一樣。正當愛麗絲已經精疲力盡時，她們突然停了下來。這時，愛麗絲發現自己已經坐在地上，累得頭暈眼花，氣都喘不過來了。

於是，王后把她扶到一棵樹旁，讓她靠著，溫和地對著她說：「現在你可以休息一會兒。」

愛麗絲驚奇地環視四周說，「哎呀！我覺得我們似乎一直待在這棵樹下，周圍的一切東西都和剛才一模一樣。」

「那當然啦！」王后說。接著她又問愛麗絲：「那你覺得應該是怎麼樣的呢？」

愛麗絲仍然上氣不接下氣地說：「在我住的地方，如果你飛快地跑了一陣子，就像我們剛才那樣，你就會到另一個地方了，也就是說，你周圍的一切都和原來不一樣了。」

「哦，那可是一個慢吞吞的地方！」王后說：「你瞧，我們這裡，即使你拼命跑，還是在原來的地方。要是你想到別的什麼地方，你必須跑得比剛才的速度快一倍以上才有可能。」

「我實在不願意再跑了！能待在這裡休息一會，我就很滿意了。我現在只覺得又熱又渴呢！」

「我完全知道你現在需要什麼。」王后關切地說著，然後從口袋裡取出一個小盒子，「來，吃一塊餅乾吧！」

雖然愛麗絲一點也不想吃，但她覺得拒絕接受似乎不太禮貌，因此她拿了一塊，儘量使自己把這玩意兒咽下去。此時，她覺得口乾得要命，難以忍受。她想自己這一輩子還未曾噎到這種地步呢！

「你休息一會兒吧，讓我來測量一下。」於是，王后從口袋裡取出一卷標著尺寸的綢帶，開始測量起來，並且在地上釘上許多木樁子。

「再往前走兩碼，」她邊說、邊在地上釘了木樁做記號，「我會給你指出方向的。再吃一塊餅乾好嗎？」

「不了，謝謝，」愛麗絲說：「一塊就已經足夠了。」

「你不渴吧？」王后問。

愛麗絲真不知該如何回答？幸虧王后沒有等她回答。

王后繼續說：「當你走到第三碼時，我會再提醒你該怎麼走，免得你忘記。第四碼走完時，我們就要告別了。走完第五碼時，我就要走了。」

這時，王后已把所有的木樁都釘好了。愛麗絲興致勃勃地看著她回到樹下，然後朝著那一排木樁慢慢地走了過去。

當王后走到離愛麗絲有兩碼遠的一根木樁旁，她回過頭來說：「你知道，小卒子第一步要走兩格。因此，你很快就穿過第三個格子了。我想，到了那裡，你就可能坐火車了。用不了多久，你就會發現自己已經在第四格了。這塊土地是屬於特老大和特老二兄弟倆的。第五個格子幾乎都是水域，第六個格子是屬於矮胖子的。我說的這些，你怎麼都沒有記下來？」

「哦，我不知道我……我剛才應該……」愛麗絲結結巴巴地說。

「你應該說聲『謝謝！』」王后用極其責備的口氣繼續說：「你應該說『非常感謝您的指點！』——不管怎樣，假定你已經說過了——第七個格子都是森林。到了那裡，你會遇到一位騎士，他會給你指路的。然後，我們就到了第八個格子，那時我們就都是王后了。在那裡有許許多多好吃和好玩的東西。」

愛麗絲站起來，恭恭敬敬地行了個屈膝禮，然後又坐了下來。

當王后走到另一個木樁時，她又回過頭來。這回她說：「要是你不知道如何用英語表達一件事時，你可以用法語代替。當你走路時，腳尖要朝外；可別忘了自己是誰。」這次她不等愛麗絲行屈膝禮，就迅速地朝下一根木樁走去。到了那裡，她回頭說了聲：「再見！」就急急忙忙地朝最後一根木樁走去。

愛麗絲根本看不清這究竟是怎麼一回事。但她發現，當王后走到最後一根木樁時，她確實消失了。難道她真的是消失在空氣中？還是飛快地跑進了樹林？（「因為她跑得好快呀！」愛麗絲想。）一點也猜不出這究竟是怎麼回事，王后真的不見了。這時，愛麗絲想起自己已是一名小卒子了，下一步該輪到自己上場了。

第三章、奇異的昆蟲

第一件要做的事情，當然是要在整體上先了解一下那個她要去旅行的國家。「這真像學習地理啊！」愛麗絲心想：「主要河流——沒有；主要山脈——就我腳下的這座山，但好像它還沒有名字；主要城鎮……」愛麗絲踏起腳尖，想看得遠一點。「呃，那是什麼動物，正在採蜜呢！不可能是蜜蜂，還沒聽說過蜜蜂大得一哩遠都能看得到。」愛麗絲靜靜地站著，仔細觀察了一會兒，只見其中的一個傢伙忙碌地出沒在花叢中，還把鼻子般的東西插入花瓣中。「看樣子倒挺像工蜂！」愛麗絲對自己說。

其實，這傢伙偏偏不是工蜂，是一頭象。愛麗絲剛明白過來的時候，確實大吃一驚。

「那麼，那些花有多麼巨大啊！」她感慨不已。「看那些村舍似的房子，屋頂掀走了，煙囪豎得老高老高的。啊，那兒製出的蜜一定多得了不得！我得下山去那裡瞧瞧。」她正欲舉步衝下去，卻又停下了，好像是因為她突然變得膽怯起來。她要找一找這其中的原因。她自言自語地說：「那裡有那麼多象，沒有一根長而結實的樹枝趕跑牠們的話，肯定是不行的——要是人們問起我路上是否愉快，我就告訴他們：『路上非常愉快！』」——說到這裡，她得意地輕輕點一下頭——『只是路上灰塵太多，天氣炎熱，而且那些大象又特別淘氣！』」

她停一會又說：「我不妨找另一條路下山，以後再去看那些大象好了。何況，我最想去的是第三格呢！」

她找了個藉口，往山下衝去。路上總共要經過六條小溪。

一眨眼工夫，她已經跳過了第一條小溪。

「車票，請出示一下！」衛兵一邊把頭探進車窗，一邊吆喝道。一車的乘客立刻都把票掏了出來。這些票和拿票的人長得差不多高，幾乎把車廂給擠滿了。

「喂，孩子，把你的票拿出來看一看！」衛兵怒氣沖沖地對愛麗絲說。這時，許多人一起說道：「別讓他等著，快把票給他看。孩子，他的時間很寶貴，一分鐘值一千英鎊！」（「這些人講話像大合唱一樣。」愛麗絲心想。）

「對不起，我沒有票！」愛麗絲緊張地說道：「我們那地方沒有賣票的。」

這時候眾人的聲音又響起了：「她們那裡沒地方售票。那裡的土地也很寶貴，一吋地值一千英鎊！」

「別找藉口了！」衛兵說：「你應該向司機買票。」

這下大家又齊聲喊道：「那人開火車，嗨，一股煙就值一千英鎊！」

愛麗絲心想：「看樣子，無論說什麼都沒有用了。」這次，她沒有開口，因此所有人都沒有聲音了。使她吃驚的是，那些人居然同思一曲（我希望你們能懂得什麼是「同思一曲」，我得承認，我自己也不明白這是怎麼回事），「最好什麼也別說；這裡的一句話值一千英鎊！」

愛麗絲心想：「今夜我可以夢見一千英鎊，我敢肯定！」

這時，衛兵把愛麗絲好好地打量一番。先是用望遠鏡，接著用顯微鏡，再下來用看戲用的小望遠鏡。最後，嘴裡蹦出一句話：「你乘錯方向了！」然後關上窗子走開了。

坐在愛麗絲對面的是一位紳士（他穿著白紙做成的衣服）。只聽他說：「這麼小的孩子，就

是自己的名字不知道，也該知道自己是到哪裡去才對呀！」

坐在白衣紳士邊上的山羊眨巴了一下眼睛，拉開了大嗓門：「她就是不知道怎麼寫自己的姓名，也該知道怎麼去售票處呀！」

山羊隔壁，坐著一隻甲殼蟲。（這裡稀奇古怪的乘客擠了滿滿一車廂）似乎這裡有一個規矩，他們必須一個接一個的發言。於是甲殼蟲冒出一句：「這下只得把她當行李托運回去了！」

愛麗絲看不清楚甲殼蟲後面坐的是哪一位，只聽到一個有些嘶啞的聲音在說：「換一個在頭……」說到這裡，牠好像給噎了一下，就說不下去了。

「聽他的聲音像是一匹馬！」愛麗絲心想。

這時候，一個極其細小的聲音，湊在她的耳邊說：「你可以開一個玩笑，比如說把『馬』說成『媽』。」

遠處一個輕柔的聲音接著說：「我看，應該在她身上貼個標籤：「內裝女孩，小心輕放。」說完，又有其它聲音接踵而來。（「這車廂的乘客可真多啊！」愛麗絲嘆道。）「既然她的肩膀上面卡著腦袋，就應該把她給寄回去……」「應該把她當成電文，用電報發送回去……」「應該讓她自己開著火車回去……」各種各樣的話此起彼伏，不絕於耳。

那位穿著白衣服的紳士彎過身來，輕輕地在她的耳邊安慰道：「親愛的小姑娘，別介意他們說的。不過，每次火車停站的時候，記得買一張返程票就得了。」

「我才不幹呢！」愛麗絲頗為不耐煩地答道：「我根本沒打算乘這班火車……剛才我在樹林裡……我只希望現在就能回去！」

「嗨，這個你也可以用來開一次玩笑，」她耳朵附近的聲音又說了：「比如說：『只要你能夠，你就希望。』」

「別開玩笑了！」愛麗絲說道。她的目光在四下掃視了一遍，卻沒找到這聲音是誰發出的，「你如果那麼喜歡開玩笑，幹嘛自己不開一個呢？」

那個細小的聲音深深地嘆了口氣。顯然，牠很傷心。愛麗絲心想，如果牠是同其他人一樣地嘆氣，她會說一點同情話安慰牠的。可是這個嘆息聲卻輕得令人吃驚，要不是就靠在她的耳根，她根本就不可能聽到。這種聲音使她的耳朵有一種酥癢的感覺，結果她把這個可憐的小動物的不幸給忘得一乾二淨了。

「我知道你是我的朋友，」那聲音又說話了：「是我親密的朋友，老朋友。雖然我是一隻昆蟲，但是你不會傷害我。」

「是哪類昆蟲？」愛麗絲有點迫不及待地問。其實，她想知道這種昆蟲會不會螫人；不過，她又覺得這樣問似乎有些不太禮貌了。

「什麼，難道你不……」那個細小的聲音剛開口，就被火車頭發出的尖叫聲給吞沒了。車廂裡的乘客都吃驚得跳了起來；愛麗絲也嚇了一跳。

那匹原來一直把頭伸直在窗外的馬，這時悄悄地把頭收進來說道：「沒事兒！剛才我們的火車躍過了一條小溪。」大家聽了這話，似乎都放了心。可是愛麗絲聽到火車居然能跳起來，反倒緊張起來了。「不過火車要帶我們去第四格了，這倒是個安慰！」愛麗絲自言自語地說。就在那一霎間，她覺得車廂跳到了半空中。她嚇得趕緊抓住她身邊的什麼東西；那正巧是山羊的鬍子。

* * * * * * * * * * * * * * *

可是，愛麗絲的手剛接觸到山羊的鬍子，山羊鬍子便冰銷雪融似的消失了。愛麗絲發現她正靜靜地坐在一棵樹下；剛才和她交談的那隻蚊子呢，則悠悠地在她頭頂上的一根枝條上盪秋千，兩隻翅膀撲動著，正給她扇風哩！

這隻蚊子應當算是蚊子中少見的巨蚋了，「大約有小雞那麼大！」愛麗絲暗自思忖。雖然牠大得有些出奇，但是因為和牠相處交談有很長一段時間了，所以愛麗絲根本不覺得緊張。

「……這麼說來，你並不是喜歡所有的昆蟲？」蚊子接著剛才的話題，聲音平靜得似乎剛才什麼也沒有發生過。

「我喜歡會說話的昆蟲！」她答道：「我們那裡的昆蟲都不會說話。」

蚊子問道：「你們那裡的昆蟲有哪些是你喜歡的呢？」

「我根本就談不上喜歡牠們，」愛麗絲解釋說：「我看見牠們就害怕……特別是體格巨大的

昆蟲。不過我可以告訴你牠們的名字。」

「這麼說，你叫牠們的名字，牠們會答應嗎？」蚊子漫不經心地問。

「我以前沒有想過這個問題。」

蚊子說：「如果叫牠們的名字，牠們不答應，那麼幹嘛要有這樣的名字呢？」

「對牠們當然沒有用，」愛麗絲說：「可是我想這些名字對給牠們起名的人類來說卻很有用。要不是這樣，牠們為什麼要有名字呢？」

「我說不上來。」蚊子說道：「從這兒往前有個樹林，林子裡的昆蟲全都沒有名字……別浪費時間了，還是快把你們那裡昆蟲的名字報給我聽聽吧！」

「嗯，有馬蠅……」愛麗絲掰著手指，一個一個介紹起來。

「對了！」蚊子插嘴說：「那裡有個樹叢，你若走到中間，就可以看到滾躍式馬蠅。它完全是木頭做的，正在樹枝間搖來搖去盪秋千呢！」

「它吃什麼為生？」愛麗絲好奇地問。

「樹汁和木屑。」蚊子說。「你還有其它什麼昆蟲，快接著講吧！」

愛麗絲饒有興趣地看著滾躍式馬蠅，她對自己說：那馬蠅一定是剛剛才油漆過，要不然不會看上去這麼光亮，粘乎乎的。

她接下去介紹說：「還有蜻蜓。」

「看看你頭頂上的那根樹枝。」蚊子說；「那兒就有一隻響翼蜻蜓。它的身體是葡萄乾布丁做的，翅膀是冬青樹葉製的，而頭部是用白蘭地酒浸泡過的葡萄乾來烙製的。」

「那它吃什麼為生？」愛麗絲還是這樣問。

「牛奶麥粥和肉末餡餅，」蚊子回答：「這些響翼蜻蜓築窩在聖誕節禮品盒內。」

「還有蝴蝶！」愛麗絲接著說，又仔細看了一下頭上煥然著火的響翼蜻蜓。

同時，她暗自思忖，「是不是因為它們想變成響翼蜻蜓，所以它們都喜歡往蠟燭上飛呢？」

「瞧，在你腳背上爬的！」蚊子說（愛麗絲聽了一驚，不由自主地把腳往後縮）：「知道嗎？這是一隻麵包奶油蝴蝶。它的翅膀是奶油麵包薄片，軀體是個麵包殼，腦袋則是一塊方糖。」

「它吃什麼為生？」

「加乳酪的淡茶水。」

愛麗絲又想出了一個新問題。「要是它找不著淡茶水，那該怎麼辦？」她問道。

「那它當然會餓死。」

「這麼說，這種情況一定常常會發生的？」愛麗絲若有所思地問。

「這種事情經常會發生。」蚊子說。

愛麗絲沈思了片刻。而這時候，蚊子卻自得其樂地圍著愛麗絲的頭嗡嗡地飛了一圈又一圈。最後，牠停了下來，對愛麗絲說：「我想你不希望把你自己的名字忘了吧？」

「當然不希望。」愛麗絲有些不安地說。

蚊子以一種很隨意的語氣說：「這倒不一定。我只是想，如果你不用名字的話，那就別提有多方便了！比如說吧，那位女老師叫你，她只能說：『喂，過來！』她只能說這些，因為她叫不出你的名字。這樣你當然也不用去聽她上課了，你說對不對？」

「我敢肯定，這是絕不可能的。」愛麗絲說：「那位女老師不會因為這個原因而放我過關的。如果她記不得我的名字，她會像我家的傭人那樣，叫我『小姐』。」

「呃，如果她就叫你『小姐』，而不說其它的話，」蚊子提醒愛麗絲說：「那你當然就不用去上課啦！是個笑話。我希望你也開過這種玩笑。」

「你幹嘛希望我開這樣的玩笑？」愛麗絲追問道，「這個笑話並不高明。」

蚊子沒有答話，只是深深地嘆了口氣，兩顆大淚珠從臉頰上滾落下來。

愛麗絲說：「如果開玩笑使你這樣傷心的話，那你還是不要開玩笑吧！」

接著，又聽到蚊子憂鬱地輕輕嘆了一聲。這次可憐的蚊子似乎傷心得消失了。果真是這樣，愛麗絲抬起頭看時，樹枝上什麼東西也沒有了。由於在樹下坐久了，她覺得冷颼颼地，於是她站起身繼續往前走。

不一會，她便來到一片空地前。空地的一側是一個小樹林；這個樹林看起來要比剛才那個樹林陰森得多。愛麗絲稍許有些膽怯，不敢往裡走。可是轉而一想，她還是下定決心繼續前進。她對自己說：「我絕不後退。」這是去第八格的必經之路。

「這一定是那個樹林，裡面的東西都沒有名字。」她若有所思地對自己說；「我不知道我走進樹林以後，我的名字會不會也丟掉？我可不想把名字弄丟了——那樣的話，他們會給我另外起個名；那肯定是個很難聽的名字。不過有意思的是，我要去找那獲得我名字的人！這有點像尋狗啟事上的廣告詞——「該狗脖子上有一黃銅項圈，如果叫『達什』，牠會跟你走。」這真難想像，不管你碰到誰，你都得叫「愛麗絲」直到有人答應為止。就怕他們要調皮，根本不回答你。

她一邊想一邊走，不知不覺便走到了那個樹林邊。樹林裡又冷又暗。「不管怎麼說，走得這麼熱，能走進一個……走進一個……走進一個什麼呢？」她在樹下走的時候，邊走邊說。她覺得奇怪，自己怎麼不知道該用什麼詞來表達。「你知道我是說，我在……我在……在這個下面。」她扶著樹幹說道：「呃，這叫什麼呢？我想它一定沒有名字……對了，肯定沒有名字。」

她默默地站立了一會兒，想了想究竟是怎麼回事。突然自言自語道：「啊，這事竟然真的發生了！那麼，現在我是誰呢？讓我想想看！我一定會記得的！」決心雖然下得不小，可是收效並不大。她絞盡腦汁想了半天，只想出她的名字頭一個字是『麗』！

就在這時，一頭小鹿從她的身旁散步經過。牠那一對溫柔的大眼睛注視著愛麗絲，一點也沒有恐懼的神色。「你過來！你過來！」愛麗絲說著，伸出一隻手，想去撫模牠。

可牠卻反而往後退縮了，停在那裡重新打量著愛麗絲。

「你叫什麼名字？」小鹿終於開口說話了。牠那嗓音多甜美啊！

「我要知道就好了！」可憐的愛麗絲想。她傷心地答道：「眼下什麼名字也沒有了。」

「再想想看！」小鹿說：「沒有名字可不行。」

愛麗絲想了老半天，可還是什麼也沒想出來。「你能不能告訴我你叫什麼名字？」愛麗絲羞怯地說：「或許那樣能對我有些啟發。」

「如果你陪我再走一段路，我可以告訴你；」小鹿說：「在這裡我記不起來。」

於是，她倆一起往樹林深處走去。愛麗絲親熱地用雙臂摟住小鹿溫柔的脖子。她們走出樹林，來到一片空地前。一到這裡，小鹿掙開愛麗絲的雙臂，往空中一跳，說：「我叫鹿！」牠愉快地大聲喊道，「我的天，你是人類的孩子！」突然，牠那漂亮棕色的眸子裡掠過一絲驚恐。轉眼間牠騰起四蹄，全速逃逸了。

愛麗絲只得靜靜地站著，目送牠遠去。她突然覺得失去了一位親愛的小旅伴，懊惱得隨時都會哭出來。「不過現在我知道我叫什麼了。」她對自己說：「這也可以說是一個安慰吧！愛麗絲……愛麗絲……我再也不會忘記了。那裡有手指形狀的路標，我該走哪一條路呢？我得好好想一想。」

這個問題其實不難回答，穿過樹林的路

只有一條；而且手指形的兩個路標都指的是這條路。愛麗絲對自己說：「到了另一個岔道時，兩個路標若指著兩條不同的路線，我再去解決這個問題好了。」

但情況並非像她所想像的。她走啊走，走了很遠很遠，每逢這條路分成兩個岔道時，那兩個手指形路標都同時指著一個方向。

其中一個路標寫著：「去特老大家！」

另一個路標上寫著：「去特老二家。」

「我相信，他們倆一定住在同一幢房子裡。」愛麗絲最後說；「真奇怪，我先前怎麼就沒想到呢？不過，我可不能在他們那兒待得太久；我只跟他們打個招呼，說：『你們好！』然後再問他們哪一條路可以走出樹林。要是天黑以前能趕到第八格，那該有多好啊！」她就這樣一邊自言自語，一邊向前走去。突然，她拐了個急轉彎，猛地看見兩個胖胖的小矮人。這一切發生得太突然了，她不禁後退了一步。不過，她即刻恢復了鎮靜。她想這兩個人一定是……

第四章、特老大和特老二

特老大和特老二並肩站在一棵樹下，各自摟著對方的脖子。愛麗絲一下子就能分清他倆誰是誰了。原來他倆的衣領上，一個繡著「老大」，另一個繡著「老二」。「我想他們脖子後的領邊上一定都繡著『特象』兩字。」愛麗絲在心裡說道。

這兩個人一動不動地站在那裡，愛麗絲差點忘了他們是活人了。她正想繞到他們背後，看領邊上是不是真的繡了「特象」兩字，冷不丁地，特老大說話了。這可把愛麗絲嚇了一跳。

「你要是認為我們是蠟做的人像，」他說：「那你得買票後才能參觀。蠟像做出來不是供人免費觀賞的，是不是！」

「反過來說，如果你認為我們是活人，你應該和我們打招呼。」那個有「二」字的小胖子接著說。

「對不起，真的對不起！」這是愛麗絲唯一能說的話了。她的腦海裡有一首老歌迴響著，好似升足了發條的鬧鐘在那裡滴答、滴答，她忍不住要唱出聲來——

特老大約了特老二，
武力比試分是非；
特老大怪罪特老二，
弄壞了新的撥浪鼓。
突然飛來一隻醜陋的烏鴉。
黑得像只柏油桶；

嚇得兩個英雄，

完全忘掉了打架。

「我知道你心裡裝的是什麼。」特老大說：「可是你想的並不對，一點都不對！」

「反過來說，」特老二接著說：「如果你覺得自己正確，那就有可能正確；如果你覺得自己想得不對，那也就可能錯誤，可是總之就是不對。這叫邏輯。」

「我是在考慮，哪一條路出樹林更快一些。」愛麗絲非常有禮貌地說：「天快要黑了，你能告訴我嗎？」

這兩個胖胖的小矮人沒有出聲，只是笑嘻嘻地你望望我，我瞅瞅你。

他們兩個實在太像一對讀小學的大孩子，所以愛麗絲忍不住指著特老大說：「第一位同學，你說！」

「呃，不！」特老大快活地說了這一句，馬上又把嘴唇閉緊了。

「那麼下一位同學，你來說！」愛麗絲這時候指著特老二。其實愛麗絲明白，他只會說「反正！」事實果真不出她的預料。

「哪有你這樣說話的！」特老大拉開了大嗓門說：「訪問別人時，應該先問：『你好嗎？』而且還要和他們握一下手！」說到這裡，兩個兄弟互相擁抱了一下，然後一齊伸出手，想和愛麗絲握手。

愛麗絲不知道應該先和哪一位握手才好，她怕他們中的一個會不高興，便同時握住他倆的手。緊接著，他們圍著圓圈跳起了舞。這一切發生得很自然（事後愛麗絲回想時這麼認為），當時她聽到音樂聲響起時也不覺得奇怪。愛麗絲認為音樂似乎是從他倆頭頂上那棵樹發出來的，樹枝互相碰撞磨擦，就像提琴弓在提琴上推動，聲音非常優美。

「這可真有趣！」（事後愛麗絲對她姊姊是這麼說的），「我發現自己也在唱：『我們圍著桑樹叢又唱又跳。』我也不知道什麼時候開始唱了起來，好像已經唱了很久很久！」

那兩個跳舞的人很胖，不一會就上氣不接下氣。「一支舞曲跳四圈足夠了。」特老大喘著粗氣說。說不跳就不跳，就像開始跳舞時那麼突然——音樂也在同時停止了。

後來，他們放開愛麗絲的手，靜靜地站著，端詳著愛麗絲。愛麗絲感到很尷尬，不知該對他們說什麼。「現在要是跟他們說：『你好嗎？』肯定不恰當！」她思忖道：「我們的關係似乎應該比這要深一層了。」

「我想你們不會太累吧？」她終於說道。

「不！謝謝你的關心。」特老大說。

「多謝，多謝！」特老二說：「你喜歡詩嗎？」

「嗯，喜歡，非常喜歡！不過不是所有的詩。」愛麗絲疑惑不解地答道：「你能不能告訴我，走哪一條路可以出這個樹林？」

「我給她背哪一首好呢？」特老二轉過身去一本正經地問特老大，根本不理會愛麗絲。

「《海象和木匠》這一首最長！」特老大說著，把他的兄弟親熱地摟抱了一下。

特老二立刻背誦起來——

太陽照在……

愛麗絲鼓起勇氣打斷了他，盡可能語氣十分禮貌的說：「如果這首詩很長的話，請你先告訴我哪一條路……」

特老二只是溫和地笑了笑，接著又背了起來——

太陽照海上，
萬丈光芒閃金光；
萬物生長全靠它，
揚柳輕舞風歡唱——啊！
你說奇怪不奇怪，
半夜竟然出太陽。

月亮生氣繃著臉，
她說太陽不該把閑事管。
白天已過夜晚到，
不該三更半夜來搗蛋。
太陽實在太霸道，
去把別人的事攬！

海水潮得透，
沙灘乾如綢。
天上不見雲，
根本就沒雲；
眼前不見鳥，
根本就沒鳥。

海象和木匠，
手握手向前走。
淚水多，
似沙子多。
要是有人把它揹，
我們定會感謝他。

七個女僕一齊掮，
半年可以掮多少！
海象輕輕問木匠。
沙多如海掮不完！
木匠嘆氣答海象，
說罷掉了傷心淚。

牡蠣，牡蠣你快快來！
海象懇切去召喚，
沿著海灘去散步，
談談走走真快活。
四個人兒恰恰好，
手拉手兒向前走。

老牡蠣看著他，
閉著嘴不說話。
他先眨眨眼睛，
又搖搖頭。

堅持說不搬離，
何處勝過牡蠣家。

小牡蠣急急忙忙往外爬，
一心一意想去圖快活。
整了西裝洗過臉，
靴子刷得亮晶晶。
這事實在真奇怪？
牡蠣怎會長腳丫。

四個走後又四個，
一隊走過又一隊。
瘦的矮的排前頭，
胖的肥的緊隨後。
躍過白沫與浪花，
一起爬到海灘上。

海象和木匠，
一起走了一里多。
前方一塊大方石，
就在上面歇歇腳。
小牡蠣雖然累，
站著等候排長隊。

海象清嗓子說聲時間到，
有些事情要討論。
鞋子戰艦封箱蠟，
還有國王和白菜。
海水怎會這般燙，
猜想是否有翅膀。

牡蠣大叫等一等！
我們都是大胖子，
方才行路急，
心中有話講不出。
木匠見機巧安慰，
相安無事皆歡喜。

海象又開腔，
來片麵包行不行？
胡椒香醋雖然好
只是身邊找不到。
牡蠣兄弟準備好，
開懷暢飲時辰到。

牡蠣嚇得臉發青，
大叫別把我們當佳肴。
剛才一切都滿好，
現在一手太惡毒。
海象機靈變話題，
美不勝收夜景好。

木匠接著附和道，
既然和和氣氣來，
友情團結最重要。
再來一塊麵包填飢腸，
不要裝聾變傻，
別說沒聽到。

海象裝出後悔相，
說暗藏殺機太惡毒。
先騙牡蠣走遠路，
一路疲乏又勞累。
木匠裝作沒聽到，
說黃油漆得太多了！

海象告誡木匠道：
你的所為傷人心！
聲聲譴責聲聲淚，
話音未落手先落。
手帕掩耳目？
肥大牡蠣進腰包。

木匠大聲呼牡蠣，
你們來時跑得歡，
打道回府總應該。
四周一片靜悄悄，
沒有回聲不足奇，
牡蠣已被滅光光。

「我喜歡海象！」愛麗絲說：「你看他對可憐的牡蠣還有一點同情。」

「可是他吃得比木匠多；」特老二說：「再說，哼，完全相反，他把手帕揚在前面，好讓木匠看不見他吃了多少。」

「真卑鄙！」愛麗絲義憤填膺地說：「假若木匠真的沒有海象吃得多，那我就喜歡木匠！」

「可是木匠也沒少吃，他想方設法地想多吃。」特老大說。

這可把愛麗絲給難住了。愛麗絲思索了片刻，終於明白過來了，「啊，他們倆都不是好東西。」說到這裡，她吃了一驚。她聽到身邊的樹林裡有蒸汽機開動時噗嚕噗嚕的聲響。她相信這一定是一頭野獸的聲音。「這裡有沒有獅子或者老虎？」她膽怯地問。

「別怕！是紅棋國王在打鼾。」特老二說。

「我們過去看看他吧！」兄弟倆各自拖著愛麗絲的手來到紅王睡覺的地方。

「他是不是很好看？」特老大問愛麗絲。

愛麗絲並不這麼認為。只見國王頭戴一頂高高的紅睡帽，上面還有流蘇垂纓，身子蜷曲著，像一堆難看的垃圾，還大聲打著呼嚕，像特老大說的，「可以把他的頭轟走。」

「他躺在潮濕的草上會感冒的，」愛麗絲說。畢竟她是一個愛替別人著想的好女孩。

「他正在做夢呢！」特老二說：「你們猜猜看他正夢見什麼了？」

愛麗絲說：「這個誰也猜不出。」

「怎麼猜不出呢？正夢見你呢！」特老二高興地大聲說，得意地拍著手，「假若他現在不夢見你，你猜猜看，你會在哪裡呢？」

「我當然現在還在這裡囉！」愛麗絲說。

「別瞎扯！」特老二輕蔑地說：「那時候你哪兒也不在。信不信，你只不過是他夢裡的一個東西而已！」

「假若國王睡醒的話，」特老大插嘴說：「那你就噗地一下，好似一支蠟燭被人吹滅了，馬上就消失得無影無蹤！」

「你胡說！」愛麗絲氣憤地說：「如果你說的是

真的，我是它夢中的一個東西，那倒要請你講講，你是什麼？」

「一樣！」特老大說。

「一樣，一樣！」特老二說。

特老二的話說得特別響，愛麗絲不禁說：「噓！這麼大的聲音，準會把他吵醒的。」

「啊！你說吵不吵醒他是沒用的，你只是他夢裡的一個東西。」特老大說：「如果你是他夢中的東西，你應該明白，你自己就不是真的。」

「我是真的！」愛麗絲大聲說，一邊哭起來。

「哭也不可能使你變成真的；」特老二說：「有什麼值得哭呢！」

「如果我不是真的，我就不會哭了。」愛麗絲哭笑不得地說。

「我想你不會把這些當做是真的眼淚吧？」特老大輕蔑地說。

「他們說的盡是些廢話，」愛麗絲心想：「為這些事哭泣實在太傻了。」她於是揩乾了眼淚，振作起來，「不管怎麼說，我最好盡快離開這個樹林；天色快要黑得看不見了。你們說會不會下雨？」

特老大打開一把傘，撐在他和他的弟弟頭上，然後望著傘頂說，「我看不會下；至少不會下到我這裡來，是不是？」

「可是雨傘外面會不會下呢？」

「要是它願意，那當然會下的。」特老二說：「反正，我們無所謂。」

「自私的傢伙！」愛麗絲在心裡罵道。正當她要說「再見」並準備離開時，特老大突然從傘下跳出來，一把抓住她的手腕。

「你看見了沒有？」他的嗓音緊張得說話時都在發抖，兩眼霎時變得又大又黃。他用顫抖的手指著樹下躺著的一個小小的白色物體。

愛麗絲仔細看了一會兒，說：「這是撥浪鼓，不是響尾蛇。」她怕他嚇壞了，趕緊又說：「一個舊玩具，破舊不堪的破玩藝。」

「我知道！」特老大叫道，一邊手舞足蹈，一邊抓著自己的頭髮，「壞了，真的壞了！」他瞅了一眼特老二，只見他坐在地上，想躲到雨傘裡去。

愛麗絲一隻手搭在他的肩膀上，安慰他說：「你不必對這個破玩藝兒生這麼大的氣。」

「它不是舊的！」特老大咆哮道，怒氣比剛才還要大。「它應該是新的。啊，我的新撥浪鼓啊！」他拉開嗓門尖叫著。

這時候，特老二正想方設法把傘收起來，而他自己卻裹在傘裡面。這事真好奇怪，使愛麗絲把注意力從他那發怒的哥哥身上轉向特老二了。不管他怎麼努力，就是不成功，最後他裹著傘滾倒在地上，把自己裹在雨傘中間，只剩一個頭露在外面，兩隻眼睛和嘴巴一閃一閃的。「多像一條魚啊！」愛麗絲想。

「你同意跟我比試一下的？」這時特老大的怒氣稍微平息了一些。

「我想是這樣的。」那個弟弟繃著臉說；邊說邊從傘裡爬了出來，「不過有一個條件，她必須替我們化妝。」

於是，兄弟倆手挽著手走進了樹林深處，不到一分鐘之後，他們各自提著各種各樣的東西，如枕墊、毯子、爐前的地毯、抬布、碗蓋和煤桶，走上陣來了。「你會別別針和打結嗎？」特老大說：「這裡的每一樣東西都得裝在我們身上，不管你用什麼方法。」

事後愛麗絲說，她一輩子都沒見過有人為這樣的雞毛蒜皮事兒大動干戈呢。兄弟倆忙碌的樣子，以及他們穿戴在身上的亂七八糟的東西，甚至還要求她綁帶子和扣鈕子。「說真的，他們全副武裝了以後，就像兩捆破布頭！」她對自己說。這時她正把一個枕墊圍在特老二的脖子上；他以為這樣可以防止頭被人砍下。

他一本正經地接著說：「要知道，這是戰鬥中可能發生的最嚴重的事情──讓人把腦袋給砍了。」

愛麗絲不由大聲笑了起來。不過為了避免傷害他的感情，她裝作似乎是在咳嗽。

「我的臉色是不是有點蒼白？」特老大走上前來讓愛麗絲幫他戴頭盔時說。（他稱之為頭盔，其實是一只煎鍋。）

「是──是有那麼一點兒。」愛麗絲溫柔地應道。

「平時我是一直非常勇敢的，」特老大壓低了聲音說：「不過，今天有點頭疼。」

「是啊！我的牙也疼得很！」特老二碰巧聽到特老大的話，於是說道：「我的情況比你還要

糟糕！」

「那麼今天你們最好不要比武了！」愛麗絲覺得這是一個他們講和的好時機。

「今天多少也得比幾個回合。」特老大說：「如果要多打幾個回合，我也沒有意見。現在幾點了？」

特老二看了看手錶，說：「四點半。」

「那我們就打到六點鐘好了，然後再吃晚飯。」特老大說。

「很好！」特老二不太高興地附和：「你可以看著我們，不過最好別走得太近。」他補充說：「通常我一激動，看見什麼就打什麼。」

「看得見也好，看不見也罷，」特老大說：「我是搆得著什麼就打什麼。」

愛麗絲笑了起來。「這樣說，這些樹可就要遭殃了。」她說。

特老大四下看了看，得意地笑一笑說：「我想，等我們激戰結束以後，這裡恐怖連一棵樹也沒有了。」

「可是這麼大打出手，就為了一個撥浪鼓？」愛麗絲還是想讓他們感到根本就不值得為這點兒小事打架。

「如果不是全新的被他搞壞了，」特老大說：「我不可能生這麼大的氣。」

「最好邪惡的烏鴉這時能來！」愛麗絲心想。

「我們只有一把劍，你知道。」特老大對他的弟弟說：「你可把傘當劍；那傘也夠鋒利的。不過我們得早些開戰，天太暗了。」

「越來越暗了！」特老二說。

天黑得如此突然，愛麗絲猜想，肯定是暴風雨要來了。「你們看，那朵雲多黑呵！」她說：「而且飄得多快呀！我想它一定生著一對翅膀！」

「是烏鴉來了！」特老大驚嚇得尖叫起來。

說時遲，那時快，一眨眼工夫，兄弟倆就逃得無影無蹤了。

愛麗絲沒跑遠，躲在樹林裡。「我在這裡，牠不能抓到我！」愛麗絲想：「牠太大了，不可能擠進樹叢中來。不過我希望牠不要這麼搧翅膀，似乎在樹林裡刮著颶風——哎喲，誰的披巾被刮走了！」

第五章、羊毛和水

愛麗絲說話的當兒抓住了披巾，然後四下張望，希望發現披巾的主人。不一會，白棋王后張開雙臂，飛也似地穿過樹林，發瘋似地跑了過來。愛麗絲非常禮貌地拿著披巾迎上去。

「我真高興我正巧撿到了您的披巾。」愛麗絲邊說邊幫她圍上了披巾。

白棋王后無可奈何地，用恐慌的眼神看著愛麗絲，嘴裡仍不停地唸叨著什麼，好像是說：「奶油麵包，奶油麵包。」

愛麗絲想，要是想和她講話，得由自己先開口。

於是，她怯生生地說：「請問我是和王后陛下說話嗎？」

「啊！我想，如果你把這個看做是穿衣服的話，❶」王后說：「那我們的看法可就不一樣了。」

❶ 原文（addressing）意為：說話或穿衣，乃雙關語。

愛麗絲知道她聽錯了，心想剛開始講話就和她爭辯不太好，就笑了笑說：「如果陛下能告訴我怎麼做，我將盡力做得跟陛下說的一樣。」

「可是我不想要你做！」可憐的王后呻吟道：「剛才，我自己穿衣服就穿了兩個小時。」

愛麗絲想，如果有人來幫她穿戴一下就好了，她邋遢得實在不像個樣子。「身上所有穿戴都是歪歪扭扭的，」愛麗絲心想：「而且到處都是別針！」於是，她大聲說：「我幫你把披巾整理一下好嗎？」

「我真不知道究竟是怎麼回事？」王后憂鬱地說：「我想它大概在發脾氣吧！我把別針別在這裡還是別在那裡，反正都不對勁。」

「您知道，要是把別針都別在一邊，披巾就不會平整。」說著愛麗絲幫她把披巾別好，「哎呀！我的天，您的頭髮可真亂啊！」

「髮髻纏在一起解不開了！」王后嘆了口氣說：「昨天我又把梳子給弄丟了。」

愛麗絲小心翼翼地把她的髮髻解鬆，盡力把她的頭髮梳理整齊。「瞧，這樣好多了！」她把頭上的髮針重新別好以後說：「真的，您要有個女僕待奉您才好呢！」

「我很樂意收你當我的女僕！」王后說：「一周兩個便士，每隔一天再獎賞一份果醬。」

愛麗絲禁不住笑出聲來。她說：「我並不是要你雇用我！而且我也不計較有沒有果醬。」

「那可是好吃的果醬呀！」王后說。

「不管怎樣，反正今天我不想吃。」

「你若想吃，今天也吃不到。」王后說：「我們的規則是，昨天和明天都有果醬吃，但今天絕不可能吃到果醬。」

「但是總歸會有一天可以說：『今天吃果醬。』」愛麗絲反駁說。

「不可能！」王后說：「果醬每隔一天才有，今天沒有隔一天，怎麼會有？」

「我真弄不懂！莫名其妙！」愛麗絲說。

「這就是倒著生活的結果，」王后和藹地說：「但一開始總是有點暈頭轉向。」

「倒著生活！」愛麗絲驚奇地重覆了王后的話，「我以前從沒聽說過呀！」

「但是這樣做有很大的好處，人的記憶可同時朝兩個方向發展。」

愛麗絲說：「我可以肯定，我的記憶只能記過去，不可能記任何還沒有發生的事啊！」

「記憶只能記過去，那真是一種可憐的記憶！」王后說。

「哪些事情你記得清楚？」愛麗絲大膽問道。

「噢，記得最清楚的事情，那要算下周以後發生的事啦。」王后漫不經心地說：「譬如說吧，」她一邊說，一邊在一根手指上粘上一塊橡皮膏，「國王的信使，現在正關在牢裡，接受懲罰，審判要到下周三舉行。當然，他將在這以後才犯罪。」

「如果他永遠都不去犯罪呢？」愛麗絲問道。

「那就更好了，是不是？」王后邊用一根緞帶紮住手指上的橡皮膏，邊說道。

愛麗絲覺得她的話有點道理。「當然這樣更好！可是如果他不受懲罰，那不是更好嗎？」

「不管怎麼說，你又錯了！」王后說：「你沒有被懲罰過嗎？」

「只是犯了小錯的時候。」愛麗絲說。

「你受了懲罰，才變得聰明了，不是嗎？」王后得意洋洋地說。

「是的。可那是我做了錯事，才會受到懲罰，」愛麗絲說：「如果沒做錯事的話，那就該另當別論啦！」

「可是你要是從不做錯事，那不是更好嗎？更好，更好，更好！」她每說一個「更好」，聲音就提高一倍，最後一個「更好」簡直是尖叫著說出來的。

愛麗絲正要說：「總有些不對……」時，王后大聲叫嚷起來，音量既高又尖，最後說不出話來了，只是「嗷！嗷！嗷！」地亂叫。王后一邊搖著手，一邊叫道，就像要把手搖掉一樣，「我的手指流血了！嗷！嗷！嗷！嗷！」

王后的尖叫就像火車的汽笛聲，愛麗絲只得用手捂住兩隻耳朵。

「怎麼啦？」待王后的叫聲平息下來後，愛麗絲趕緊問道：「是不是把你的手指扎破了？」

「現在還沒有呢！」王后說：「不過很快就要扎破了——嗷，嗷，嗷！」

「你估計什麼時候才會扎破呢？」愛麗絲這麼問，心裡直覺得很可笑。

「當我把披巾紮好以後，」可憐的王后呻吟道：「這枚胸針馬上會鬆開。噉，噉！」話音剛落，胸針就突然鬆開來。王后怒氣十足地抓住了它，想把針重新卡回去。

「小心！」愛麗絲叫道：「你把別針弄彎了！」她一把奪過胸針。但是一切已太晚了，針尖偏了一個方向，王后的手指被扎破了。

「喏，你看，我手指流血就是由這個引起的，」她笑了笑，對愛麗絲說：「現在你懂了，什麼叫倒著生活和雙向記憶了吧？」

「但是，為什麼你現在不叫喊了呢？」愛麗絲問道。她的兩隻手已作好了準備，隨時準備再把耳朵捂住。

「為什麼？我不是叫喊過了嗎？」王后說；「再喊一遍，又有什麼意思呢？」

這時候，天色又亮起來了。「我想那隻烏鴉一定飛走了。」愛麗絲說：「烏鴉走了我真高興。剛才我以為是天黑了呢！」

「但願我能像你一樣高興！」王后說：「但是我把這件事的規則給忘了。你住在樹林裡，一定非常快活；只要你願意高興，就能使自己高興起來！」

「不過，在這裡太孤獨了！」愛麗絲悲哀地說。

想到孤獨，兩顆大淚珠沿著她的臉頰流了下來。
「可別這樣！」可憐的王后急得只能把兩隻手緊擰在一起，「想一想，你是多麼了不起的女孩。想一想：今天你已經走了多少路了；再想一想現在是幾點鐘了。想想任何事都行，但是不要再哭了！」
聽到這裡，愛麗絲忍不住笑了起來，雖然她眼睛裡的淚水還沒來得及擦掉。「想別的事真的能忘記哭嗎？」她問道。
「難道不是這樣嗎？」王后肯定地說：「沒有人可以同時幹兩件事。我們先來想一想你的年齡。你幾歲了？」
「我實足年齡七歲半了。」
「你不必說『實足年齡』；」王后說：「你不說，我也會相信的。我也來說說讓你相信的事，我今天正好一百零一歲五個月零一天。」
「我不相信！」愛麗絲說。
「不相信嗎？」王后可憐巴巴地說道：「那你不妨再試試：只要深深地吸一口氣，然後再緊閉你的雙眼。」

愛麗絲笑了起來。「不必試了，再試也沒用，不可能的事說給誰聽，誰也不會相信。」

「我敢說，你練習得不夠！」王后說。「我像你這個年齡的時候，每天都要練習半小時。嘿，有時早餐以前，我會相信六件不可能的事。哎呀，披巾又飛走了！」

她說這句話的時候，胸針又鬆開了；突然吹過來一陣風，把女王的披巾吹到了小溪對面。王后又張開雙臂，飛也似地去追披巾。這一次她成功了，她自個兒把披巾給逮住了。「我把它逮著了！」她得意洋洋地叫道：「這一次你可以看我把它重新披在身上；完全由我自己來披！」

「我希望您的手指好些了！」愛麗絲很有禮貌地說著。緊隨王后也跨過小溪。

*　*　*　*　*　*　*
　*　*　*　*　*　*
*　*　*　*　*　*　*

「啊，好多了！」王后叫道：一好多了！好多了！好……」她的嗓音隨著她的叫喊聲變得越來越尖了，尾聲拖得特別長，好似綿羊在叫。這讓愛麗絲吃了一驚。

她瞅了一眼王后，只見她似乎突然之間被人用羊毛裹起來了。愛麗絲揉了揉眼睛，又仔細地看了看。她不明白究竟發生了什麼。難道她現在正在一家商店裡？難道坐在櫃台對面的真的是一頭綿羊？雖然她還是不停地揉眼睛，可是她看見的還是一頭綿羊。她分明坐在一家光線暗淡的小

店裡，胳膊撐在櫃台上。對面的安樂椅裡坐著一隻老綿羊，正在打毛線，不時透過一副大眼睛打量著愛麗絲。

「你想買什麼？」綿羊從正在編織的絨線活中抬起頭來，終於問道。

「我不知道要買什麼？」愛麗絲溫柔地說：「如果允許的話，我想先四處看看。」

「要是你願意，你可以看你前面的東西，也可以看你兩旁的東西，」綿羊說：「但是你背後的東西你是看不到的，除非你後腦勺上長了眼睛。」

愛麗絲的後腦勺上確實沒有長眼睛，因此她只能轉過身去，看四周貨架上的東西。

這家商店似乎裝滿了各式各樣奇異的商品。但奇怪的卻是，每當愛麗絲定睛去看那架子上究竟裝的是什麼的時候，那架子會突然變得空無一物；而旁邊的架子都照樣擺得琳琅滿目。

愛麗絲發現有一個明亮的大東西，它有時候像個大洋娃娃，有時候又像工具箱，每次總出現在她目光盯著的架子上方。

她專門花了幾分鐘時間去跟蹤這個東西，看它究竟是什麼。卻都枉費心機。因此，她說：「這裡的貨物會漂動！這件東西最引人注目。不過我一定會弄明白的。」突然，她想出了個好主意，「我就一直跟著它，看它再往上能去哪裡？總不見得它能穿過天花板吧?!」

但是，這個辦法還是不能奏效，這個物體悄無聲息地溜到天花板上去了，而且看樣子是熟門熟路的樣子。

「你是個小孩還是陀螺？」綿羊說著拿起了另一副編針，「這樣下去，你會讓我頭暈目眩的，如果你還是不停轉悠的話。」

這時，綿羊同時用十四副針編織絨線。愛麗絲不禁好奇地看著綿羊。

「她一次怎麼能用這麼多的針編織？」這個小姑娘百思不得其解地對自己說：「她越來越像一頭豪豬了！」

「你會划船嗎？」綿羊遞給她一副編織針時問道。

「只會一點……但是用這副針在岸上划我不會。」愛麗絲剛說到這裡，她突然發現手中的針變成了划槳，而自己和綿羊坐在一隻小船上，在兩個河岸之間快速穿梭前進。現在是唯一能做的就是盡力地划。

「羽毛（翻平）！羽毛！」綿羊拿起另一副針時大聲說。

這話不像要她回答，愛麗絲一言不發，只管划她的船。愛麗絲覺得河水有些奇怪，每隔一會兒，槳似乎在水中被粘住了，要把槳舉出水面也特別困難。

「羽毛！羽毛！」綿羊拿出更多的針，一邊叫道：「你馬上可以抓到一隻螃蟹了。」

「螃蟹！」愛麗絲想：「這個主意倒不錯。」

「你難道沒聽見我說『羽毛』嗎？」綿羊拿出一大把針，怒氣沖沖地說。

「聽到啦！」愛麗絲答道：「你嘴裡一直在說，而且聲音又很響，我怎麼會聽不到呢！請問，哪裡有螃蟹？」

「當然在水中囉！」綿羊邊說邊把手裡的一些針插在自己的頭髮裡，因為她手裡已經拿不下這麼多針了。「羽毛！」她又叫了起來。

「你幹嘛老是說『羽毛』？」愛麗絲終於問了一句。她有點發怒了，「我又不是鳥，哪裡來的羽毛！」（編按：Feather為雙關語：羽毛，把槳翻平）

「你當然是的！」綿羊說：「你是一隻小呆鵝。」

這話把愛麗絲給得罪了。大約有一會兒時間，她們誰也不說話。小船則順流而下，有時候船駛進了水草叢中。水草使槳更緊地粘在水裡。有時又穿行在樹蔭下。但是不管什麼時候，兩邊都是高高的河岸，使船上的人無法看見河岸外的東西。

「啊，等一等！這裡有許多芬芳的燈心草！」愛麗絲突然轉怒為喜，「你看，你看……多漂亮啊！」

「你不必叫我等一等！」綿羊說。綿羊依然忙著手中的活兒，頭也不抬地說：「既然不是我種的，我也不會把它們拿走。」

「我不是這個意思！我是說，如果你不反對的話，我們能不能停一會兒，來採一些呢？」愛麗絲懇求說。

「我怎麼能讓它停下來呢？」綿羊說：「你要是不划槳，船不就自己停了嗎？」

於是，小船在沒人划槳的情況下，緩緩地朝燈心草處漂過去。這時愛麗絲已經小心地把袖子捲起來了，小手臂並齊伸到水裡採集燈心草。她的身子伏在船舷上，眼睛盯著那一串又一串芳香撲鼻的燈心草，捲曲的頭髮碰到水了她也不知道。這一陣子，她把綿羊和綿羊織絨線的事，已忘得一乾二淨了。

「千萬別把船弄翻了！」她對自己說：「啊，這棵燈心草多麼漂亮喲！只可惜我搆不著。」而這棵燈心草特別惹人注目，（「好像故意來逗我似的」她想。）因此，儘管小船漂蕩過的地方她已採了許多燈心草，總是有更漂亮的她夠不著。

「最漂亮的，永遠在最遠的地方！」她不禁感嘆說。望著遠處她無法夠到的那些燈心草嘆了一口氣，她又回到了原來的座位上。她的臉通紅通紅的，浸濕的手和頭髮還在往下滴水她也不管，忙於擺弄著剛剛採摘來的寶貝。

就在這時，她發現燈心草開始褪色了，慢慢地連香氣也沒有了，一點美感也不剩。難道她剛

把它們摘下來，它們就會變化嗎？其實，就是真的燈心草，顏色和香味也只能保持很短的時間，何況這些是夢中的燈心草。所以，當愛麗絲把它們摘上來，放在腳邊堆成一堆的時候，它們就像雪一樣融化了。愛麗絲幾乎沒有注意到這些，因為這裡有更多奇怪的事吸引著她。

船走了不多遠，突然一把槳的葉片被水中的東西卡住了，怎麼擺弄也不行（事後愛麗絲這樣解釋說），槳柄打著她的下巴。可憐的愛麗絲不停地叫著「噢，噢，噢！」結果她被槳柄打翻了，跌到燈心草裡去了。

幸好她沒有摔傷，一會兒就爬起來了。愛麗絲重新在她的座位上坐下來，慶幸自己沒有落到水裡。綿羊還是在織她的絨線，好像什麼也沒發生。「你抓到一隻好看的螃蟹了！」綿羊說。

「真的嗎？我怎麼沒看見？」愛麗絲一邊小心翼翼地朝船舷外黑沈沈的水中望去，一邊問道：「但願牠還沒有跑掉——我最希望能帶一隻小螃蟹回家啦！」綿羊只是冷冷地笑了笑，依然只顧手中的絨線活。

「這裡螃蟹多嗎？」愛麗絲問。

「多得很！這裡什麼都有，」綿羊說：「足夠讓你挑選的，你得拿定主意。你想買什麼？」

「買什麼?!」愛麗絲又驚又怕地重複說道。

這時候，槳啊、船啊、河啊……都不見了，她又回到剛才那個光線暗淡的小商店裡了。

「我想買一個雞蛋。」愛麗絲怯生生地說：「你怎麼賣的？」

「五個便士買一個——兩個便士買兩個。」綿羊答道。

「這麼說，買兩個比買一個還便宜。」愛麗絲一邊掏出錢包，一邊驚奇地說。

「這得有個條件，如果你買兩個的話，你必須一口氣把它們吃下去。」綿羊說。

「那我就買一個吧！」說著，愛麗絲把錢放在櫃台。她想：「這些雞蛋不一定都是好的。」

綿羊接過錢，把它放在一個盒子內，然後說：「我從不把東西放在別人手上……以後也不會這麼做……所以你只得自己從貨架上取了。」這麼說著，她走到櫃台的另一端，把一個雞蛋豎放在貨架上。

「為什麼不能放在我手上呢？」愛麗絲思忖道。由於商店裡光線太暗，如去櫃台那一端時，不得不摸著桌子和椅子走路，「好像我每走近一步，那雞蛋就離我更遠。讓我仔細看一下，這是不是椅子？怎麼搞的，怎麼還有樹枝？我的天！這裡竟然長著樹？真奇怪！啊，其實這兒是一條小溪流！這家店怪得離奇，我一輩子也沒見過！」

*　*　*　*　*
*　*　*　*
*　*　*　*　*

這樣，她不停地往前走，覺得越走越奇怪，每一樣東西，當她靠近時便立刻變成一棵樹。愛麗絲完全相信那個雞蛋也會變成一棵樹的。

第六章、矮胖子

然而，那個蛋不但變得越來越大，而且越看越像個人了。愛麗絲離它只有幾步遠，她看見蛋上有眼睛、鼻子和嘴巴。

走得更靠近時，她看得更清楚了，這正是「矮胖子」。「我敢肯定，他不可能是別人，他臉上就像是貼了名字似的！」愛麗絲自言自語著。

當然，在他那張龐大的臉上，就是隨意寫上一百遍名字也不成問題。矮胖子正盤腿坐在一座高牆的頂上，完全像個土耳其人。愛麗絲覺得奇怪，他怎麼能在如此狹窄的高牆上保持平衡呢？矮胖子的眼睛正呆呆地盯著反方向，竟然一點也沒注意到愛麗絲。愛麗絲不由地想，這只不過是一尊塞滿棉花木料的塑像罷了。

「他多像個雞蛋呀！」愛麗絲大聲地說。她站在那兒，想用手去扶他，因為她覺得他隨時都有從牆上摔下來的可能性。

沈默了很久，矮胖子終於開口了：「太氣人了！被人當作雞蛋，實在令人氣憤！」說這話時，還故意不看愛麗絲。

「先生，我是說您看起來有點像雞蛋；」愛麗絲溫柔地解釋：「而且您要知道，這些蛋是非常漂亮的。」她又加了一句，儘量使這些話聽起來像是在恭維。

「有些人就像嬰兒一樣無知！」矮胖子說著，仍然不看愛麗絲一眼。

愛麗絲真不知該說什麼好。她想，這根本就不像在談話，因為他還沒有面對著和她說過話呢！顯然，他最後的那句話是臉對著大樹說的。

愛麗絲不知所措地站在那兒，反反覆覆地喃喃自語——

牆上坐著矮胖子，
一個跟斗摔下來，
國王所有的駿馬和勇士，
有誰能再把矮胖子扶起來。

「對一首詩來說，最後一句實在太長了，」愛麗絲幾乎大聲說著，竟然完全忘了矮胖子可能會聽見。

這時，矮胖子才回過頭來看著愛麗絲說：「別那樣站著自言自語了；告訴我你的名字，你來這兒幹什麼？」

「我叫愛麗絲，我……」

「多愚蠢的名字呀！是什麼意思呢？」矮胖子不耐煩地打斷了她。

愛麗絲疑惑不解地問道：「難道名字一定要有意思嗎？」

「當然囉！」矮胖子說著笑了笑，「我的名字就代表了我的體形。當然，這是一個相當漂亮的體形，不是嗎？你的名字就意味著你有可能變成任何一種體形。」

愛麗絲不想為此再爭論了，她突然換了個話題，「為什麼你孤伶伶地一個人坐在外面呢？」

「為什麼？那是因為沒有人和我在一起。」矮胖子嚷嚷著：「你以為我回答不了你的問題嗎？再問一個吧！」

「你難道不以為坐在地上會更安全些嗎？牆實在太窄了。」愛麗絲繼續說著。她並不想出難題，只是出於好心，替這個奇形怪狀的傢伙擔心而已。

「你的問題太簡單了！」矮胖子不禁大聲吼了起來，「我絕對不會這樣想。你知道這是為什麼嗎？我怎麼可能摔下去呢？如果我真的摔下去……如果我真的……」說到這裡，他嘟了嘟嘴，顯得既嚴肅又認真。愛麗絲禁不住笑了起來。「如果我真的摔下去，」他又說：「國王已經答應過我——嘿，你聽了以後，一定會嚇壞了。你想像不出我會說出什麼吧！國王親自向我保證，他會……」

「派出他所有的馬和大臣到這裡。」愛麗絲很不明智地打斷了他。

「這可太糟糕了！」矮胖子突然激動起來，大聲喊道：「你肯定躲在門後，或藏在樹叢中，或是在煙囪下偷聽到的，否則你又怎麼會知道呢？」

「我沒有偷聽，真的！只不過曾經在書上看到過。」愛麗絲溫和地說。

「哦！是這樣的，書上可能會有這些東西。」矮胖子平靜地說：「這大概就是你所說的《英國史》這本書吧！對了，是有這本書。好，你現在得好好看著我；在你面前的是一個曾經和國王說過話的人，你可能不會遇到像我這樣的人。為了表示我並不為此驕傲，你可以同我握握手！」他咧開嘴笑了起來。他的嘴差一點咧到了耳朵邊。然後他俯著身子向愛麗絲伸出了手。這樣，他幾乎要摔下來了。

愛麗絲握了握他的手，擔心地看著他。她想：「如果他再笑得更厲害些，他的嘴角最終會在後腦勺相遇。我可不知道那時他的腦袋會變成什麼樣子？恐怕會斷成兩段吧！」

「是的，國王所有的駿馬和大臣馬上會把我扶起來。」他繼續說著：「他們一定會這麼做的！不過，我們似乎扯得太遠了；讓我們回到剛才說的話題吧！」

「恐怕我已記不得剛才我們在說些什麼。」愛麗絲有禮貌地回答。

「既然這樣，那我們重新開始吧！」矮胖子說；「這次該輪到我選話題了。」愛麗絲想：他對剛才談的話題好像很感興趣。「哦！我有個問題，你剛才說，你幾歲了？」

愛麗絲稍微算了一下說：「七歲零六個月。」

「錯了！」矮胖子得意洋洋地說：「你剛才可不是這麼說的！」

「我以為你問我：『現在幾歲了？』」愛麗絲辯解道。

「如果我是這個意見的話，我早就說了。」

愛麗絲不想再與他進行更多的爭執，因此她就不再說下去了。

「七歲零六個月！」矮胖子若有所思地說：「這個年齡可不怎麼好！假如你徵求我的意見，我會告訴你：『就停在七歲上，不要再長大了！』但現在太晚了。」

「年歲的問題，關於這點，我從不問別人的意見。」愛麗絲生氣地說。

「你太驕傲了！」

聽了這話，愛麗絲更生氣了，「我的意思是一個人不可能阻止年齡增長。」

「或許一個人不行，但是兩個人就可能啦！」矮胖子說：「有了一定的幫助，你長到七歲時就不會再長了。」

「多麼漂亮的褲帶呀！」愛麗絲突然發出一聲讚歎。她想，對於年齡這個問題，他們已經談得夠多了，這次該由她轉換話題了。但她又馬上糾正說：「至少可以說，多漂亮的領帶呀！我應該這麼說……不，不是褲帶，我的意思是……請原諒。」愛麗絲顯得極其懊喪！看來這些話惹惱了矮胖子。她真後悔選了這個話題。她心想：要是知道哪裡是頭，哪裡是腰就好了。

儘管矮胖子有大約一、二分鐘沒說一句話，但很明顯，他大為惱怒！過了好一會兒，他終於又開口了，不是在說話，簡直是咆哮。

「真令人氣憤，竟然有人分不清領帶和褲帶。」

「我知道我很笨！」愛麗絲抱歉地說。

這時，矮胖子的口氣變得緩和些了。

「這是一條領帶，而且正如你所說的，是條相當漂亮的領帶。這是白棋國王和王后送給我的，你看看吧！」

「真的？」愛麗絲顯得十分高興，因為她覺得她終於選對話題了。

「他們送的，但不是生日禮物。」矮胖子翹起了二郎腿，雙手環抱著膝蓋，若有所思地說。

「請原諒……」愛麗絲迷惑不解地說。

「你並沒有得罪我呀！」矮胖子說。

「我的意思是，什麼叫不是生日禮物？」

「不是生日禮物，當然就是在不過生日的時候送的禮物。」

愛麗絲想了一會，最後說：「我最喜歡生日禮物了。」

「你還不明白它的真正含意呢！」矮胖子說：「你知道嗎，一年有幾天？」

「那還用說，就是三百六十五天唄！」愛麗絲說。

「那麼一年中有多少個生日呢？」

「一個。」

「如果你從三百六十五裡減去一，還剩多少呢？」

「當然是三百六十四。」

矮胖子看來有點不太相信，他接著說：「我倒想知道在紙上是怎麼算的。」

愛麗絲不禁笑了起來，她拿出記事本，寫了個算術題給他看——

$$\begin{array}{r} 365 \\ -\ \ 1 \\ \hline 364 \end{array}$$

矮胖子拿起了本子，仔仔細細地看了看說：「好像是對的……」

愛麗絲打斷他說：「你把本子拿顛倒了。」

「哦，果然是這樣！」當愛麗絲把本子轉過來時，矮胖子高興地說：「怪不得看上去不太順眼！剛才我還沒來得及仔細看，所以我才會說：好像是對的。不過，這說明一年三百六十四天，你都會收到禮物的。」

「確實是這樣！」愛麗絲答道。

「要知道，一年中只有一天是你的生日；而只有這一天，你才能得到真正的生日禮物。這對你來說，有多光榮呀！」

「我不明白你說的『光榮』是什麼意思？」愛麗絲說。

矮胖子輕蔑地笑了笑說：「在我告訴你以前，你當然不知道。光榮的意思就是說——你在爭論中輸了。」

「但『光榮』並沒有這個意思呀！」愛麗絲反駁著說。

「當我要用一個字的時候，總要和我想說的相符合，既不重，也不輕。」矮胖子傲慢地說。

「但問題是你是否能使用一些詞來表示許多不同的意思呢？」愛麗絲問。

「這就是問題的關鍵。」矮胖子說。

愛麗絲感到疑惑不解？她真不知該說什麼好。過了一會兒，矮胖子又開口了：「這些詞都有個脾氣。特別是有些動詞，它們最了不起了。可形容詞就不一樣了，可以隨意使用。但動詞不行。而我都能運用自如。這真不可思議。這就是我所要說的！」

「你願意告訴我，『無稽之談』是什麼意思嗎？」愛麗絲問。

「現在你說起話來倒像個挺懂事的孩子。」矮胖子顯得十分高興，「『無稽之談』的意思是指關於這個話題，我們已經談論得夠多了。這就好比，我知道你下一步想要說的話，就像我預料你不想把你有生之年停留在現在一樣。」

「要給一個詞確定一個意思，真是太複雜了。」愛麗絲沈思著說。

「當我要使一個詞起許多作用，我常常要付出額外的代價。」矮胖子說。

「哦！」愛麗絲被搞得糊塗了，除了感歎，她真不知該說什麼好。

「噯！星期六晚上，如果你來，可以看到他們都圍著我；你知道，他們都是來拿工資的。」

矮胖子搖頭晃腦地繼續說著。

（愛麗絲不敢冒昧地問他究竟付給他們多少工資？因此，我就不能告訴你們了。）

「先生，看來，您在解釋詞語方面非常內行，你能夠告訴我，《傑伯沃基》這首詩的意思嗎？」

「念出來讓我聽聽。」矮胖子說：「我能解釋所有創造出來的詩，也能解釋許多還沒有被創造出來的詩。」

愛麗絲聽了十分高興，她開始背誦第一節——

冒泡時分蟾鴿躍？
滴溜洞洞在晷旁，
拖鳥齊飛弱慘慘，
離家綠豬呼哨響。

「夠了，夠了！第一段就有那麼多的麻煩的字。」矮胖子插嘴說：「『冒泡時分』是指下午四點，不也就是你正準備晚餐的時候嗎？」

「解釋得真好！那麼『活躍』又是什麼意思呢？」愛麗絲問。

「『活躍』的意思是『活潑』和『輕巧』，也就是『靈活』。這是複合詞；也就是兩個詞的音義合併起來成為另一個詞。」

「現在我知道了。」愛麗絲想了想答道。

「那麼，『蟾鴿』是表示什麼呢？」接著，愛麗絲又問。

「嗯，『蟾鴿』是一種既像獾，又像蜥蜴，也像瓶塞鑽的東西。」
「牠們的樣子一定非常古怪。」
「那當然囉！」矮胖子說：「牠們在日晷儀下做窩，以乳酪為主食。」
「那麼，『滴溜』和『洞洞』是什麼意思？」
「『滴溜』的意思就是像陀螺儀那樣轉來轉去，『洞洞』就是像手鑽那樣打洞洞。」
「『晷旁』我想大概就是草地圍著日晷儀轉。」愛麗絲脫口而出，而且她對自己的機靈深感驚訝。
「不錯！它之所以被稱為『晷旁』，是由於它走起路來前後晃動。」
「晃動時兩邊還往上翹。」愛麗絲補充說。
「完全正確！至於『弱慘慘』，就是弱不禁風和悽悽慘慘的意思；這是另一個複合詞。『拖鳥』則是一種又瘦又醜的鳥，牠身上的羽毛都一根根豎起，簡直像正在使用的拖把。」
「那麼，『離家綠豬』又是什麼呢？」愛麗絲說：「哦！恐怕我已經給你添了不少麻煩。」
「『綠豬』是一種綠顏色的豬。但我不能肯定『離家』是什麼；我想，大概是『離開了自己的家』的縮寫吧！它的意思是迷失了方向。」

「『呼哨』的意思呢？」

「『呼哨』是介於『呼嚕』和『口哨』之間的聲音，中間也許還雜著噴嚏聲。你可能會在樹林的那邊聽到這種聲音。一旦聽到這種聲音，你就會知道了。究竟是誰整天在給你背誦這些難懂的詩呢？」

「我在一本書上念到的。」愛麗絲說：「但我還聽到過一些比這容易得多的詩，好像是特老二念給我聽的。」

「說到詩，你知道嗎？」矮胖子伸出他的一隻大手說：「如果要背的話，我也能像其他人那樣背上幾首。」

「哦，用不著那樣！」愛麗絲急切地說道。她可不希望矮胖子從頭念起。

「我來背一首給你聽聽，好讓你高興高興。」矮胖子繼續說著，他根本沒理愛麗絲的話。

愛麗絲感到在這種情況下，她只得聽他念了。因此，她只好勉強地說了聲「謝謝」，然後坐了下來。

冬天，當田野潔白如銀，

為使你快樂，我唱了這首歌。

「不過，我並沒有唱。」他又解釋說。

「我知道你並沒有唱。」愛麗絲說。

「如果你看得出我是不是在唱歌，那你的眼力要比別人敏銳得多了。」矮胖子一本正經地說，而愛麗絲卻一聲不吭地聽著。

春天，樹木都穿上了綠衣，
我願把一切都告訴你。

愛麗絲答道：「非常感謝！」

夏天，在漫長的白日中，
可能你會真正懂得這首歌的含義。

秋天，樹葉漸漸枯謝，
請你拿出紙和筆記下這美麗動聽的歌。

愛麗絲說：「如果到那時我還記得的話，我一定會這麼做的。」
「別這樣！盡說些沒意思的話，反而打斷了我。」
矮胖子說完，又念道——

我給魚兒稍個信，
告訴他們「我的願望」。

大海裡的小魚兒，
給你捎來了回信。
小魚兒在信中回答：
「先生，這可不行，因為……」

「恐怕我不懂這是什麼意思。」愛麗絲說。

「別急！後面的就容易得多了。」矮胖子回答。

我又給她們捎了信：

「你們必須服從我。」

魚兒們笑著回答：

「你可別這樣發脾氣！」

我說了一遍又一遍，

可他們不聽我勸告。

我拿出了嶄新的大水壺？

去做我該做的事。

我的心兒在慌亂地跳動，
我在水泵上把水壺灌滿。

然後有人過來告訴我，
魚兒們已上床睡大覺。

我清清楚楚地告訴他：
「你又須把牠們都叫醒。」

我對著他的耳朵高聲嚷，
說得又響亮又清楚。

矮胖子念到這一節時，提高了嗓音，幾乎是在尖叫。

愛麗絲不由打了個冷顫，心想：「幹什麼都行，就是不能做他的信使。」

但他卻是如此生硬和傲慢，
他說：「你不必這樣大聲叫喊！」

他還是如此生硬和傲慢，
他說：「如果真的需要？我定把他們都呼醒。」

我從架子上拿個瓶塞鑽，
親自把他們從沈睡中喚醒。

當我發現大門已鎖上，
我就又拉又推，又踢又敲。

可我發現大門仍然緊閉，
我試著轉動把手，但……

接著一片寂靜。
過了很久，愛麗絲才小心翼翼地問：「完了嗎？」

「完了！」矮胖子說：「再見。」

愛麗絲覺得結束得太突然了；不過這暗示再明顯不過了，她想她該走了；她知道再待下去就不禮貌了。所以，她站了起來，伸出了手說：「再見，後會有期！」她儘量使自己的語氣在告別時顯得輕鬆愉快些。

「如果我們再見面，我會不認識你了，因為你長得和別人一模一樣。」矮胖子不滿地嘟囔著，然後伸出一根手指同愛麗絲握手告別。

「人的臉長得都差不多。」愛麗絲若有所思地說。

「這就是我要抱怨的！」矮胖子說：「你的臉長得和其他人一樣，兩隻眼睛（他邊說邊用大拇指指指自己的眼睛），中間一個鼻子，下面是嘴巴。都是一個樣。如果你的兩隻眼睛長在鼻子的同一邊，或者嘴巴長在最上面，那就容易分清了。」

「這太難看了！」愛麗絲反對地說。

但矮胖子只是閉著眼睛說：「等你試過之後，再說吧！」

愛麗絲等了一會兒，想看看矮胖子是不是還有什麼話要對她說。但他仍然緊閉著眼睛，再也不理會她了。於是，愛麗絲再次和他告別。他還是不作任何答覆。因此，愛麗絲只得靜悄悄地走開了。但她忍不住自言自語：「在所有我遇到過的使我不滿意的人們當中……」她大聲地重複了這句話，好像她這麼說能帶來很大的安慰似的，「在我遇到過的所有使我最不滿意的……」當她還沒有把這句話說完的那一刻，一聲巨響震動了整個樹林。

第七章、獅子和獨角獸

剎那間，士兵們穿過了樹林跑了過來。開始是三三兩兩，然後是十個或二十個一起來，最後一群一群地來了。整個樹林被他們擠得滿滿的。愛麗絲害怕被他們撞倒，就躲在一棵大樹後，看著他們一批又一批地跑了過去。

愛麗絲想，她還從來沒有見過那樣的士兵，走起路來搖搖晃晃、跌跌撞撞。他們不是被這東西絆跌，就是被那東西纏倒；只要有一個人跌倒，好幾個士兵就跟著倒在他的身上；不一會兒，地上就到處都是一小堆一小堆人。

隨後上場的是騎兵。因為騎馬，他們的步子要比步兵穩得多。但就是他們，也不時地被絆倒。而且似乎有條規律，只要一匹馬一個踉蹌，騎手就會立刻摔下來。混亂愈演愈烈。愛麗絲暗暗慶幸自己跑出了樹林，走進了一片空地。在這裡，她見到白棋國王正坐在地上，並且在記錄本上寫著什麼。

「我把他們都派出去了！」國王一看到了愛麗絲，就高興地大叫：「你穿過樹林時，有沒有遇見他們？」

「是的，遇見了。我想大概有好幾千個吧！」愛麗絲回答說。

「確切的數字是四千二百零七人。」國王看了一下本子說：「我沒把所有的騎兵都派出去，因為有兩個騎手正在參加比賽呢！還有兩個信使我也沒派出去，他們到鎮上去了。你朝那條路看看，他們來了沒有？」

「沒有人。」愛麗絲說。

「我真希望能有這樣的眼力，在這麼遠的距離也能看到『沒有人』，就像我在目前這種光線下，才能看到人一樣。」國王顯得很煩惱。

然而，愛麗絲根本沒聽見國王在說些什麼，她用一隻手遮在眼前，全神貫注地看著那條路。「現在我看見有人來了！」她大聲嚷道：「但他過來的速度很慢。咦，他走路的姿勢真是好奇怪呀！」（那個信使走路時蹦蹦跳跳地，身體像鰻魚一樣扭動著，伸出的兩隻大手，像是一邊一把大扇子。）

「這並沒有什麼可大驚小怪的。他是盎格魯・撒克遜信使，這是他們盎格魯・撒克遜人走路的姿勢。他只是在心情好時才這樣走路。他的名字叫海發。」國王回答。

愛麗絲忍不住說：「我喜歡『海』這個字，因為它同快樂的『快』同韻；但我也討厭這個字，因為它和駭人聽聞的『駭』同韻。我想給他吃！吃些火腿三明治和乾草。他的名字叫海發，就住在……」

「他就住在山上。」國王順口說道。他完全沒意識到自己也加入了這個文字遊戲。而愛麗絲還在絞盡腦汁地想找出一個帶「海」字的地名。國王接著又說：「另一個信使叫海塔。我需要兩個信使，一個來，一個去。」

「請問？」愛麗絲說。

「說吧！」國王說。

「我只是不明白，為什麼要一個來一個去呢？」愛麗絲問。

「難道我沒有告訴你嗎？」國王不耐煩了，他又重複說：「我需要兩個信使，一個送出去，一個拿回來。」

這時，那個信使到了。他上氣不接下氣，連話也說不出來了，只是揮動著雙手，朝可憐的國王作出嚇人的鬼臉。

「這位年輕女士喜歡你的名字，因為你的名字裡帶有一個『海』字。」國王迫不及待地把愛麗絲介紹給他，希望能使信使放鬆一些。可是沒有用，這個盎格魯・撒克遜人的動作變得更加古怪了，兩隻大眼睛放肆地滴溜溜轉來轉去。

「你嚇壞我了！」國王說：「我感到頭暈；快給我一塊火腿三明治！」

使愛麗絲感到有趣的是，那信使一聽這話，馬上打開掛在他脖子上的口袋，拿了一塊三明治遞給國王。國王貪婪地一口把它吞了下去。

「再給我一塊。」國王說。

「沒有了，只剩下乾草了。」信使朝口袋裡瞥了一眼。

「那就給我乾草吧！」國王有氣無力地說。

愛麗絲高興地看到國王已恢復了元氣。

國王一口一口地使勁嚼著、一邊說：「當你頭暈時，沒有什麼比嚼乾草對你更有幫助了。」

「我倒覺得給你潑一些冷水，或者是給你一些揮發鹽會更有效。」愛麗絲建議。

「我可沒說沒有比乾草更好的東西，」國王回答說：「我只是說沒有別的東西比這更管用。」

對此，愛麗絲不敢否認。

「你在路上遇到誰了嗎？」國王伸出手，向信使再要了些乾草。

「沒有人。」信使回答。

「這就對了！這位女士也看見『沒有人』。那麼『沒有人』走得比你更慢囉？」

「我盡了最大努力了；」信使繃著臉說：「我保證沒有人比我走得更快。」

「那當然了，要不『沒有人』該先到才是呢！看來你已經緩過氣了，現在說說鎮上發生了什麼事。」

「我要私下跟你說，」信使彎下了腰，把手放在嘴邊圍成一個喇叭形，貼近國王的耳朵。愛麗絲覺得不太高興，因為她也想知道這個消息。可是，信使並沒有低聲私語，而是扯開嗓門大喊道：「他們又幹上了。」

「你就這麼說悄悄話嗎？」可憐的國王跳了起來，渾身顫抖，「如果你再這麼幹，我讓人把你扔到油裡去煎！我的腦子都快被你的叫喊聲震裂了，簡直像地震一樣。」

「這真像是經過了一次小地震。」愛麗絲想。「是誰又幹上了呢？」她鼓足勇氣地問了一句。「當然是獅子和獨角獸。」國王說。

「為爭奪王冠而戰嗎？」愛麗絲又問。

「是的，肯定是這樣。而且最可笑的是，這王冠永遠屬於我！走，讓我們一起去看看吧！」說著，他們一路小跑著出發了。愛麗絲一邊跑，一邊背誦一首古老的歌詞，歌詞是這樣的——

獅子和獨角獸，他們為王冠而戰，
他們從城的這一邊打到那一邊。
有人給他們白麵包，也有人給他們黑麵包，
有人給他們葡萄蛋糕，也有人打著鼓把他們趕出城。

「那個……得勝者……就……就能得到王冠嗎？」愛麗絲氣喘吁吁地問道。

「哎呀！這怎麼可能呢？你怎麼會這麼想？」國王說。

又跑了一段路，愛麗絲上氣不接下氣地說：「能不能停一會兒，讓我喘口氣。」

「我倒還可以，當然也有些受不了。」國王說：「不過我們現在一分鐘也不能浪費，可能還來得及去阻止一場拼殺。」

愛麗絲喘得說不出話來了，她一聲不吭地跟著他們跑，直到看到一大群人，獅子和獨角獸被人們圍在當中，他們正鬥得天昏地暗，塵土飛揚，因此愛麗絲一時很難分辨出哪個是獅子、哪個是獨角獸了。但很快她靠觸覺辨認出獨角獸了。

他們擠到另一個信使海塔身邊，他正站在那裡一手拿著茶杯，另一隻手拿著一塊奶油麵包，興致勃勃地觀戰。

「他剛出獄，當時他還來不及喝完茶就被扔進了大牢。」海發悄悄地告訴愛麗絲：「監獄裡只給囚犯吃牡蠣殼。你瞧，他又渴又餓。」海發說著用胳膊親熱地摟住海塔的脖子說：「親愛的，你好嗎？」

海塔回過頭來，點了一下頭，然後又繼續吃他的奶油麵包。

「在監獄裡過得好嗎？親愛的！」海發問。

海塔又轉過臉來，兩顆淚珠順著臉頰滾了下來，但一句話也沒說。

「說話呀！」海發不耐煩地喊道：「難道你不會說話嗎？」但海塔只是嚼著麵包、喝著茶，一聲不吭。

「快說呀，他們鬥得怎麼樣了？」國王大聲嚷道。

海塔無可奈何，他吞了一大口奶油麵包，哽咽著說：「精彩極了！牠們各被對方擊倒過八十七次。」

「那麼，很快就會有人送白麵包和黑麵包了。」愛麗絲大膽地插了一句。

「這些是給他們準備的，」海塔說：「我先吃了一些。」

這時格鬥暫停了。獅子和獨角獸坐了下來，不停地喘著粗氣。

國王藉此機會大聲宣布：「給你們十分鐘時間休息一下，吃些東西。」海發與海塔馬上著手幹開了；他們端上了盛著白麵包和黑麵包的盤子。愛麗絲嘗了一小塊，覺得太乾了。

「我認為他們今天不會再打了。」國王對海塔說：「吩咐下去，準備好擊鼓。」海塔像個蚱蜢一樣跳著跑開了。

愛麗絲靜靜地站了一兩分鐘，看著他。突然，她興奮地跳了起來。「快來看，快來看！」她喊道：「白后正跨過田野往這裡跑來了，她是從那邊樹林中飛出來的，跑得有多快呀！」

「肯定有敵人在追她；」國王看也不看地說；「那個樹林裡到處都是敵人。」

「難道你不打算去救她嗎？」愛麗絲對國王神情泰然感到吃驚。

「不用，不用！，」國王說；「她跑得實在太快了。你還是去看看爭奪王冠的拚殺吧！」他溫和地說道，打開了筆記本，「如果你願意，我就把她寫進備忘錄裡。她是一個討人喜歡的好傢伙。你知道『傢伙』這個詞怎麼寫嗎？」

這時，獨角獸正好走過來，他兩手插在口袋裡，瞅了國王一眼說道：「這次我幹得很不錯吧？」

「不錯，不錯！」國王看來有些緊張，「你不該用角去刺穿他。」

「又沒有傷到他，」獨角獸漫不經心地說著就繼續往前走。當他的目光正好落在愛麗絲身上，他馬上轉過頭，站在那裡看著愛麗絲，發出十分憎恨的呼吸。

過了一會，他終於說話了：「這是……什麼？」

「是個孩子！」海發跑到愛麗絲面前，用盎格魯撒克遜人的方式向她伸出雙手。他殷勤地介紹說：「我們今天剛見到她。她同生命一樣可貴，比起大自然更純樸。」

「我過去總把人看作是傳說中的怪物。她是活的嗎？」

「她會說話。」海發一本正經地說。

獨角獸恍恍惚惚地瞅著愛麗絲，「說話吧，孩子。」

愛麗絲不禁咧嘴笑了笑說：「我過去也總以為獨角獸是傳說中的怪物，我也從未見過一隻活著的獨角獸。」

「好吧！現在我們相互認識了。如果你信任我，那我也信任你。要是你願意，就這樣說定了。」獨角獸說。

「好吧！照你說的辦。」愛麗絲說。

「老頭，快拿些葡萄蛋糕來！」獨角獸轉向國王繼續說道：「不要拿黑麵包。」

「當然……當然！」國王招呼著海發：「快把包包打開，快點——不是那個，那是乾草。」

海發從包包裡取出了一塊大蛋糕遞給愛麗絲，讓她拿著，然後，又從裡面取出盤子和切刀。

不知道這些東西是從哪裡來的？她覺得就像在變戲法一樣。

此時，獅子也參加進來了。他看上去疲憊不堪，眼睛半睜半閉。他懶洋洋地瞇起了眼睛看著愛麗絲，聲調像鐘聲一樣低沈地問：「這是什麼？」

「你問這是什麼？」獨角獸連忙喊道：「你永遠也猜不出來，我也沒猜出。」

獅子有氣無力地打量著愛麗絲說：「你是動物、蔬菜，還是砂石。」他邊說一邊打著哈欠。

不等愛麗絲回答，獨角獸就嚷嚷道：「她是傳說中的怪物。」

「那麼把蛋糕拿來吧！怪物。」獅子說著躺了下來，用爪子支撐著下巴，又對國王和獨角獸嚷道：「你們兩個也坐下來，讓我們來分這塊蛋糕吧！」

顯然，國王很不自在地坐在這兩個龐大的動物之間，但又無處可安身。

獨角獸狡猾地看了一眼王冠說：「為了爭奪王冠，讓我們現在再鬥一次吧！」可憐的國王嚇得直發抖，頭上的王冠也差點被抖落下來了。

「我會輕而易舉地獲勝。」獅子說。

「那可不一定。」獨角獸說。

「什麼，你不信？我曾打得你暈頭轉向，追著你滿街跑，你這膽小鬼！」獅子支起身子，憤怒地吼叫著。

為了阻止事態進一步惡化，國王插話了。他很緊張，聲音有些顫抖地問：「跑遍了全城？那可是很長的一段路呀！你們經過那座古橋，還有集市了嗎？在橋邊，你們能看到全城的風景。」

「我是看不到的，」獅子咆哮著又躺了下來，「灰塵滿天，我什麼也沒看見。怪物，什麼時候了，快來切蛋糕吧！」

此刻，愛麗絲坐在一條小溪旁，盤子端放在膝蓋上，認真地用刀切那塊蛋糕。這時她回答獅子說：「太氣人了！」（不過她已經習慣被叫做

「怪物」了。）她又說：「我已切下了好幾塊，但它們又黏在一起了。」

「你難道不知道該怎麼對付鏡子裡的蛋糕嗎？」獨角獸說：「先把它轉一圈，然後再切。」

簡直荒唐極了！但愛麗絲還是順從地站了起來，端著盤子轉了一圈。果然，那塊蛋糕就像她剛才切的那樣，分成了三塊。

這時，愛麗絲端著空盤子回到座位上時，獅子說：「現在蛋糕已切好了。」

當愛麗絲拿著刀坐著，對剛才蛋糕自動分開還迷惑不解時，獨角獸喊了起來：「我認為這不公平，怪物給獅子的蛋糕比我差不多大了一倍。」

「可她自己一點也沒留呢！」獅子說：「怪物，你喜歡葡萄蛋糕嗎？」

愛麗絲還來不及回答，鼓聲響了起來。

聲音從何而來，愛麗絲大惑不解。

鼓聲大作，震耳欲聾。

她跳了起來，驚恐不安地跨過小溪。

*　　*　　*　　*　　*

*　*　*　*　*　*　*
　*　*　*　*　*　*　*

正在這時，她看到獅子和獨角獸也站了起來，他們因美餐被打斷，面有怒色，跪了下來，用雙手捂住耳朵，想擋住這震耳聾的鼓聲。

愛麗絲想：「如果這樣的鼓聲大作還不能把他們趕出城外，就再無它法了。」

第八章、「這是我的發明」

過一會，鼓聲逐漸消失了，周圍的一切都變得那樣寂靜。愛麗絲有些驚恐不安地抬起頭。這時周圍沒有一個人。她馬上想起剛才在夢中一定是遇見了獅子、獨角獸和那古怪的盎格魯．撒克遜信使。可是，那個大盤子仍然在她腳邊放著；她曾經在這個盤子上切過葡萄蛋糕呢！

「看來，這並非是一個夢，」她自言自語著，「除非……除非我們都在同一個夢裡。但我真希望這是我自己在做夢，而不是我在紅棋國王的夢中。我可不希望在別人的夢中扮演任何角色。」她用埋怨的口氣繼續說著：「我最好還是去叫醒國王，看看究竟發生了什麼事。」

正在這時，一聲高喊打斷了愛麗絲的沈思。「暖，站住！快給我站住！」一位騎士身穿紅盔甲，揮舞著大棒，騎著馬飛奔過來了。當他到了愛麗絲面前時，突然停了下來。

「你是我的俘虜！」說著，騎士一翻身，從馬背上摔了下來。

愛麗絲驚詫不已，但此時此刻她更為騎士擔憂。她焦慮不安地看著他又上了馬。當他在馬鞍上剛剛坐穩時，又大聲喊道：「你是我的……」

正在這時，又冒出了一個聲音大聲嚷嚷道：「喂，站住！」愛麗絲驚訝地環顧了一下四周，尋找這個新的敵人。

這次來了位白騎士，他把馬停在愛麗絲身旁，像紅騎士那樣，也從馬鞍上摔了下來，然後又翻身上了馬。兩位騎士一聲不吭地坐在馬上，冷冷地盯著對方。愛麗絲覺得有些莫名其妙，一會兒看看這個，一會兒又看看那個。

過了好長時間，紅騎士終於說話了：「你知道，她是我的俘虜。」

「我當然知道；我是來救她的！」白騎士回答道。

「那麼，看來我們得為她打一仗了。」紅騎士邊說邊拿起了掛在馬鞍上的馬頭型頭盔，戴在自己的頭上。

「你必須遵守決鬥規則。」白騎士說著也戴上了頭盔。

「我一直遵守規則的。」紅騎士說完後，決鬥就開始了。他們瘋狂地揮舞著棍棒，互相廝打起來。愛麗絲趕緊躲在一棵樹後，免得被他們傷著。

「決鬥的規則是什麼呢？」愛麗絲對自己說。她不時地從樹後膽怯地注視著決鬥。看來其中一條規則似乎是，如果一個騎士擊中對方，他就可能把對方擊落下馬；要是沒有擊中，他自己就必須從馬上摔下來。另一條規則似乎是，他們必須手持武器，那架勢好像他們就是潘趣和朱廸（木偶戲人物，一對冤家）。每當他們從馬背上跌落下來時，就要怪叫一聲。這聲音有多難聽呀！像一大堆火鉗嘩啦嘩啦掉進火爐圍欄內似的。而那匹馬卻非常安靜，任憑牠們的主人上上下下，牠們就像桌子一樣，一動也不動。

另一條決鬥規則，愛麗絲沒有注意到：他們摔下來時總是頭先著地。

這場決鬥就是以他們雙方同時從馬背上摔下來而告結束。當他們再爬起來時，雙方握了握手。隨後，紅騎士飛身上了馬，疾馳而去。

「一個漂亮的大勝仗，是嗎？」白騎士氣喘吁吁地走過來說。

「我不知道，」愛麗絲含糊地答道：「我可不願做任何人的俘虜，我要當女王。」

「當你跨過下一條小溪時，你就會成為女王了。」白騎士說：「我將安全地護送你到森林的盡頭，然後我就必須回來了。要知道，這是我職責的範圍，這樣我的任務也就完成了。」

「非常感謝！」愛麗絲說，「要我幫你脫下頭盔嗎？」

很明顯，要他自己脫下頭盔是很難的。還是設法把他的頭搖出了頭盔。

「這下可舒服了，呼吸容易多了。」騎士邊說邊用雙手理了理蓬亂的頭髮，又把他那張文靜的臉轉向愛麗絲，用他那一對大眼睛溫柔地看著她。愛麗絲心想，她還從來沒見過這樣怪模怪樣的騎士呢！

他穿著一身很不合體的錫製盔甲，肩上扛著一個奇形怪狀的箱子，箱子口朝下，箱蓋旋開著。愛麗絲好奇地看著這個箱子。

「看來你很喜歡我的小箱子。」騎士用非常友好的語氣說：「這是我的發明，箱子裡放衣服和三明治。你瞧，我倒著背，這樣雨水就不會滲進去了。」

「可是那裡面的東西會掉出來呀！」愛麗絲溫柔地說：「你瞧，蓋子還開著呢！」

「糟糕，我怎麼一點也不知道。」騎士說，臉上不由露出了懊喪的表情。「那麼，我的東西肯定都掉光了。東西掉光了，箱子還有什麼用呢？」他邊說邊解下箱子，準備把它扔到小樹林裡去。突然，他似乎想起了什麼，小心翼翼地把箱子掛在樹上，對愛麗絲說：「你能猜出我為什麼這樣做嗎？」

愛麗絲搖了搖頭。

「我希望蜜蜂能在裡面築個窩，那我就能得到蜂蜜了。」

「可是你已把一只蜂箱——至少看上去像蜂箱——繫在馬鞍上了。」愛麗絲說。

「確實，這是一個不錯的蜂箱！」騎士用不滿的語調說：「這是最好的蜂箱！至今為止，還沒有一隻蜜蜂靠近它。它還有另一種用途，可以用來當捕鼠器。我想，不是耗子趕走了蜜蜂，就是蜜蜂趕走了耗子；我真弄不明白究竟是怎麼一回事。」

「我弄不懂要捕鼠器幹什麼？」愛麗絲問：「耗子是不可能爬上馬背的。」

「或許不太可能，但牠們若真的來了，我們就不用追著牠們滿街跑了。」騎士說。

過一會兒，他又說：「你瞧，為了應付各種可能發生的事，我在馬腿上套了那些腳鐲。」

「為什麼？」愛麗絲好奇地問。

「那是為了預防鯊魚咬它。」騎士回答：「這也是我的發明。來，扶我上馬，讓我陪你走到樹林的盡頭。咦，那個大盤子是做什麼用的？」

「那是用來盛葡萄蛋糕的。」愛麗絲說。

「那麼我們最好還是帶著它；」騎士說：「如果我們能找到葡萄蛋糕，那這個盤子就用得著了。快，幫我把它塞進口袋裡。」

這事他們可費了好大一番勁。雖然愛麗絲非常小心地把口袋撐開，但騎士卻顯得笨手笨腳的樣子，開頭兩三次，他竟然自己跌了進去。最後，他們終於把盤子塞了進去。「你瞧，口袋太小了。口袋裡面還有許多蠟燭台呢！」騎士說著，把口袋掛在馬鞍上；那上面還堆著幾捆胡蘿蔔、火鉗及其它東西。

「我希望你把頭髮牢牢固定好。」他們出發時，騎士又叮囑了一句。

「和平常一樣不就行了嗎？」愛麗絲笑著說。

「那可不行！你瞧，這裡的風有多厲害，就像煮開的肉湯一樣在那兒翻滾著。」

「你有沒有發明個新辦法，不讓風吹掉頭髮呢？」愛麗絲問。
「還沒有！」騎士回答：「不過，我有個辦法能使它不掉下來。」
「太好了！我很想聽聽是什麼辦法。」
「首先，你得拿一根棍子，把它豎立著，」騎士說：「然後讓你的頭髮順著棍子往上爬，就像水果樹那樣。頭髮之所以會掉下來，是因為它是往下垂的，你明白嗎？任何東西總是往下垂，不會往上落。這就是我自己的發明；你若有興趣，不妨試一試。」
這聽起來並不見得高明，愛麗絲心想。她默默地繼續朝前走著，對騎士的這種發明大惑不解。她還不時地停下來幫助這位可憐的騎士；他的騎術也實在太糟糕了。
那匹馬會經常停下來不走了。只要馬一停下來，他就向前衝出去；而當馬又突然撒腿飛奔時，他就從後面摔下來。另外，他會習慣性地從兩邊滾下馬來。要是沒有這些問題，他就能騎得非常穩當了。後來愛麗絲發現，他常常是朝這一邊摔倒的。因此，愛麗絲覺得最好走得不要離馬太近。
「恐怕你沒有好好練習騎馬。」當騎士第五次從馬上摔下時，愛麗絲只好大膽地說著，又扶他上了馬。

看來騎士聽了這話後非常吃驚，而且顯得有些反感。「你為什麼這樣說呢？」他爬上馬鞍時，緊緊抓住愛麗絲的頭髮，以免又從另一邊掉下去。

「如果你好好練習的話，就不會老是從馬上摔下來了。」

「我練過很多很多次了。」騎士極力為自己辯護。

愛麗絲誠懇地說道：「真是這樣嗎？」愛麗絲也找不到更適當的話頭了。

他們默默地繼續朝前走了一段路。騎士閉著眼，嘴裡不知在嘟囔著什麼，而愛麗絲緊緊地防備著他再從馬上摔下來。

「偉大的騎術，在於……」騎士突然

放開嗓門大聲喊了起來，還不停地揮動著右手，「在於保持……」

話還沒講完，騎士又從馬上重重地頭朝下倒栽在愛麗絲面前。這次，愛麗絲可嚇慌了，她趕緊扶起騎士，關切地問道：「骨頭沒摔斷吧？」

「這怎麼可能呢？」騎士說。那神氣似乎摔斷幾根骨頭也無所謂，「剛才我說，騎馬的技術在於使自己保持平衡。你看，就像現在這樣。」

他放開韁繩，張開雙臂。他要做個試範動作，讓愛麗絲看看他說的平衡是怎麼一回事。可是這一次，他來了個仰面朝天，正好摔在馬蹄下。

當愛麗絲把他扶起來時，他還不停地在嚷嚷：「這需要多多練習，多多練習……」

「太可笑了！」愛麗絲大聲說。這次，她完全失去了耐性，語帶諷刺說，「你應該騎一匹帶輪子的木馬！」

「哦！那種馬是不是跑得很穩？」騎士似乎很感興趣地問，同時雙臂抱著馬脖子，免得再次摔下來。

「那當然要比真馬穩得多了。」儘管愛麗絲竭力克制自己，還是忍不住笑出來了。

「我想要一匹，」騎士說完又想了想說：「要上一、兩匹……不，或幾匹！」

騎士沈默了一陣又說：「我是個偉大的發明能手。我敢說你已經注意到了，剛才你扶我起來時，我是不是顯得若有所思的樣子。」

「有那麼點兒一本正經，」愛麗絲說。

「對！剛才我正在發明一種爬過大門的新方法。你想聽聽嗎？」

「非常想聽！」愛麗絲彬彬有禮地答道。

「我想告訴你我是怎麼想到這些問題的。」騎士說：「你知道，我曾想過唯一麻煩的是腳；頭已夠高了。現在，我先把頭擱在門的頂端上，這樣頭就搆得著了；然後倒立起來，那樣我的腳也足夠高了。你瞧，你瞧，我不就這樣過去了。」

「不錯，你用這種辦法定能跨過大門！」愛麗絲若有所思地說：「但你不覺得這樣做，是不是太難了嗎？」

「我還沒有試過呢！」騎士莊重地說：「所以，我不敢把話說死。當然，這恐怕也是有點難度的吧！」

看來騎士為此大傷腦筋。愛麗絲趕緊換了個話題。「你的頭盔怎麼這樣古怪呀?!」

愛麗絲快活地問：「這大概也是你的新發明吧？」

騎士自豪地看看掛在馬鞍上的頭盔說：「是的！但是我曾經發明過一個比這個更好的，外形像個甜麵包，以前我常戴著它。如果我從馬上摔下來，總是頭盔先著地，因此我就不大會摔傷。不過，確實有可能摔進頭盔裡去。曾經有一次，我真的掉進去了；而且最糟糕的是，還沒等我從頭盔中掙扎出來，另一個白騎士走了過來，戴上了頭盔，後來他錯把頭盔當作是他自己的了。」

騎士顯得那麼嚴肅，愛麗絲不敢笑出聲來。

「你在他頭頂上，一定傷著他了吧？」愛麗絲擔憂地問。

「當然，我不得不踢他！」騎士嚴肅地說：「因此，他又摘下了頭盔；可是他花了好幾個小時，才把我從頭盔裡拉了出來。你知道，我過去像閃電般迅速。」

「這完全不是什麼迅速。」愛麗絲反駁。

騎士搖搖頭說：「我敢向你保證，對我來說，可是有各種各樣的迅速啊！」說著，他興奮地舉起雙手，隨即從馬鞍上滾了下來，一頭栽進一個深溝裡去了。

這一次，愛麗絲毫沒有心理準備，因為她覺得騎士正坐得穩穩當當的，怎麼可能摔下來呢？她很擔心，心想，這一回肯定摔傷了。因此，她飛快地跑到溝邊尋找他，儘管她只看見他的腳底，但一聽到他還是用平常的語調說話時，她鬆了口氣。「有關各種迅速問題，」他反覆地說著：「那位騎士太粗心了，竟然把別人的頭盔戴在自己頭上，而且別人還在頭盔裡呢！」

「你的腦袋朝下，怎麼還能這麼平靜地說話呢？」愛麗絲邊說、邊捉著他的腳把他拽了上來，並把他拽在岸邊的小土堆上。

騎士不解地問：「腦袋朝下有什麼關係？我腦子一直在動。事實上，我的腦袋越朝下，我就能發明越多的新東西。」

他稍微停了一下，又繼續說：「我現在想出了一件最聰明的東西，那就是發明了一種筵席上使用的新式布丁。」

「能趕快做出來，作為下一道菜嗎？」

愛麗絲問：「對，一定得快！」

「不，不是下一道菜！」騎士吞吞吐吐地答

道：「不，肯定不是下一道菜！」

「那是為明天準備的囉？一頓晚餐兩道布丁？這不太可能。」

「也不是為明天準備的！」騎士還是像剛才那樣吞吞吐吐地說，「不是為明天準備的。事實上，」他耷拉著腦袋繼續說，聲音越來越輕，「我不相信布丁曾經是蒸出來的！事實上，布丁也不會蒸出來！因此必須發明一種特別的布丁。」

看來這位可憐的騎士情緒十分低落。為了使他振作起來，愛麗絲問：「這種布丁是用什麼做成的呢？」

「先用吸水紙。」騎士哼著回答。

「恐怕不會太好吃吧！」

「光有紙是不怎麼樣，」騎士插話了：「但你不知道，要是它和其它東西，比如火藥、封蠟等混在一起時，就完全不同了。現在，我必須和你告別了。」這時他們已經走出了樹林。

不過，愛麗絲仍然覺得迷惑不解，她心裡一直在惦記著布丁的事。

「你好像很傷心！」騎士關切地說：「我來唱首歌安慰安慰你吧！」

這一天，愛麗絲已經聽了很多歌了，因此她問：「這首歌長嗎？」

「這首歌雖然長，」騎士說：「但卻非常優美，聽過我唱的人都感動得流淚。不過……」騎士說到這裡突然不說了。

「不過什麼？」愛麗絲問。

「不過有的人不會流淚。這首歌的歌名叫《黑線鱈的眼睛》」

「哦！這就是歌名嗎？」愛麗絲儘量顯得很感興趣的樣子說。

「不，不，你不懂！」騎士有點急躁了，「那是別人這麼叫的，但它真正的名字是《一個上了年紀的人》。」

「那我是不是應該稱它為『人們稱這首歌……』呢？」愛麗絲自己糾正說。

「不，你又錯了！這完全是另外一回事。這首歌還可以叫做《手段和方法》；但你知道，這只不過是人們這麼叫的。」

「那麼，這首歌到底叫什麼呢？」愛麗絲這次可完全被搞糊塗了。

「我正要說呢！這首歌的真正名稱是《坐在門檻上的人》；是我作的曲。」

說到這裡，他勒住了馬，鬆開韁繩，把韁繩擱在馬脖子上。然後，一隻手慢慢地打著拍子。在他那文靜而又愚蠢的臉上隱隱地露出了微笑，好像他已完全陶醉在這首曲子的旋律之中。

自從愛麗絲穿過了鏡子，開始她的旅行之後，她遇到了許許多多稀奇古怪的事，這是她記得最清楚的一件事——許多年以後，當她記起，仍然歷歷在目，似乎這一切發生在昨天似的：騎士那雙溫柔的藍眼精和慈祥的笑容；西下的夕陽灑穿過他的頭髮，照在他的盔甲上，閃射出道道炫耀的光亮；在草地上踴躂的馬，轠繩鬆散落在牠的脖子上，吃著腳下的青草；在這一切的背後襯托著樹林的黑影。所有這一切就像一幅幅畫面，深深地印在她的腦海裡。

此時愛麗絲斜斜地靠在樹上，用手遮在眼前，凝視著古怪的騎士，似夢非夢地傾聽著他那首憂鬱的歌。

「不是騎士作的曲。」愛麗絲對自己說：「這是《我把一切都獻給你》的調子。」她聽得出了神，但並沒有掉淚。

我把一切都告訴你，
雖然只有那麼一點點。
我曾見過一位老人，
他正坐在門檻上。

我問：「請問您是哪一位？怎樣生活？」
他的回答像潺潺流水，
流進了我的腦海中。

他說：「我在尋找蝴蝶，
尋找那些在麥田裡休息的蝴蝶。
我把牠們做成羊肉餡餅，
沿著大街呼賣。
賣給那些，
在風暴中航行的海員們，
來換回我的麵包。
對於這些無聊話，但願你能願意聽。
目前我正在想辦法，

把人們的鬍子染成綠色。
同時用把大扇子，
遮住人們的綠鬍子。
對於老人的話，
我無話可答。
我敲著他的頭大聲嚷道：
「請你快來告訴我，你是怎樣生活的？」

他柔聲細語地教說著他的故事：
我走著一條自己的路，
發現了一條山間小河；
我設法使小河閃閃發光，
並把小河當作資源；
據說叫什麼羅蘭得烏卡油。

他們只給我兩個半便士，
這就是我辛勞的報酬。

我真在想一個辦法，
是否可以把奶油當作糧食。
如果天天吃這些，
定會胖得不得了。
我把他左右搖晃，
直到他臉色發青為止。
我大聲喊：「你怎麼維持生活？
究竟又做了些什麼？」
他回答：「我在石南草叢中，
搜尋著黑線鱈的眼睛。

在寂靜的夜晚，
我把它們製成背心的鈕釦。
並不願意把它們出售，
來摸那些閃閃發光的金屬裝飾；
但是半個銅板，
就能買九個這種鈕釦。」

「我有時尋找一些黃油捲餅，
或者用樹枝去捕捉螃蟹。
有時我又在長滿草的山丘上，
為雙輪馬車尋找輪子。
這就是（他眨了一下眼睛），
我的生財之道。
我為你的健康幸福，

舉杯祝福。」

聽他說完之後，
我已完成了一個新的構思。
要防止門南大橋生鏽，
就得用葡萄酒把它煮。
我感謝他告訴我的一切，
使我找到了生財之道。
但我更感激的是，
他祝我健康幸福。

現在，如果我有偶然的機會，
我就把手指伸到膠水裡。
或者發瘋似地伸出右腳，

硬把它塞進左鞋裡。
或者是千斤重物，
壓在我的腳趾上。
我傷心地想起了，
那位我曾結識的老漢。

他那溫和的表情，慢慢言語；
他的頭髮比白雪還白，
臉黑得像烏鴉，
眼睛閃耀著明亮的火花。
他愁眉苦臉，神情恍忽；
他身體前後搖晃著，
含含糊糊嘟噥著，
好像嘴裡塞滿了麵團。

他打起鼾來像頭小牛。

夏夜已消逝了很久？很久？

而這位老漢依然坐在門檻上。

當騎士唱到最後時，他收起了韁繩，把馬頭調向他們來的那條路，「已經不遠了，下了山，過了小溪，你就能成為女王了。不過，你願意在這裡目送我離開嗎？」

愛麗絲用急切的眼光朝騎士指的方向看去。

騎士又補充說：「你只要在這兒站一會兒，當我拐彎時，向我揮揮手帕好嗎？你知道，這對我有多大的鼓舞啊！」

「那還用說，我很樂意！」愛麗絲說：「非常感謝你送了我那麼長一段路，還有你為我唱的那首

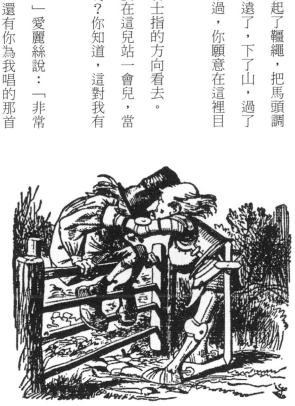

歌，我非常喜歡。」

「真是這樣嗎？可是你並沒有像我想像的那樣傷心呢！」騎士疑惑地說。

然後，他們握了手，騎士騎著馬慢慢跨進了森林。

「但願這不會花費許多時間，」愛麗絲目送著騎士，自言自語著，「哦，也又摔下來了，同平時那樣，還是頭朝下。然而，他卻很輕鬆地爬上了馬——因為馬上掛滿許多東西。」

愛麗絲目送著那匹馬悠閑地離去，而騎士不是從這邊摔下來，就是從那邊摔下來。摔了四、五次後，他到了拐彎處。這時愛麗絲朝他揮了揮手帕，直到他從視線中消失為止。

「我真希望這會對他有一定的鼓舞。」愛麗絲說著轉身跑下了小山，「只剩最後一條溪了，過了小溪，我就能成為女王了。這聽起來有多棒呀！」

她兩、三步就跑到了小溪邊。「終於到了第八格了，」一越過小溪，她興奮地大聲喊著。

* * * * * * *

* * * * * * *

在一片像苔蘚般柔軟的草坪上，她躺了下來。周圍是星羅棋布的小花壇。

「啊，多開心呀！咦，我頭上是什麼呢？」她驚奇地叫了起來，伸出手去摸摸，發現一個沈甸甸的東西緊緊地套在她的頭上。

「真奇怪，它來到我頭上，我怎麼一點都不知道呢？」她自言自語著，一面把它取下來，放在膝上，想看看這究竟是什麼。

啊！原來這是一頂金閃閃的王冠。

第九章、愛麗絲女王

「天啊！我可從來沒想到這麼快就成為女王了！」愛麗絲說。「我告訴你，陛下。」她非常嚴肅地繼續說著（她常常喜歡用責備的口氣對自己說）：「你絕不能像這樣懶懶散散地在草地上滾來滾去，你應該知道你必須保持女王的尊嚴。」

因此，她站了起來，在周圍走了走。開始她覺得很不自在，因為她擔心王冠會掉下來。幸好沒人看見，她深感寬慰。當她又坐了下來時，說道：「要是我能成為一個真正的女王，我一定會表現出一個女王應有的風度。」

這裡發生的每一件事都是那麼不可思議，因此當愛麗絲發現紅王后和白王后正一邊一個坐在她的身旁時，她一點也不感到驚奇。她很想問問她們是怎麼到這裡來的；但又覺得不太禮貌。她想，如果問問比賽有沒有結束，不會有什麼關係吧。「你能告訴我……」

她膽怯地看著紅王后問道。

「只有當別人和你說話時，你才能開口！」紅王后嚴厲地打斷了她的問話。

「但要是大家都按這樣的規矩去做，」愛麗絲準備和她爭辯幾句，「如果你總是等別人開口，你再說話，而別人也在等你先開口，這樣就不會有人說話了，所以──」

「真可笑！」紅王后大聲說：「孩子，難道你不明白嗎……」她的話說到這裡停了停，縐縐眉頭，想了一會兒，突然換了個話題：「你剛才說『要是我真是個女王！』這句話是什麼意思？你有什麼權力這麼稱呼自己？你要知道，在你通過考核之前，你是不可能成為女王的；而且你必須盡早通過考核。」

「我只是說『如果』。」愛麗絲可憐巴巴地爭辯著。

兩個王后互相看了看。「她說她只是說『如果』。」紅王后有點發抖地說。

「但她說的話要比這多得多哩！」白王后絞著雙手悲嘆道：「多得多了！」

「你確實說了許多話。」紅王后對愛麗絲說：「要永遠說實話……說話前先要想一想……然後再寫下來。」

「我的確沒有這個意思……」

愛麗絲剛說話，紅王后就不耐煩地打斷了她。

「這正是我最討厭的！你的話是有意思的！你想想，如果一個孩子盡說些沒意思的話，那這樣的孩子又有什麼用呢？即使是一個玩笑也有它的意思，便何況孩子的話要比玩笑重要得多。我希望你不要再抵賴了。你就是用雙手來抵賴，也否定不了這一點。」

「我從不用雙手來抵賴任何事情。」愛麗絲反駁著說。

「我可沒這麼說！」紅王后說：「我只是說——如果你用手來幫助你辯解，也不可能否認這一點。」

「可是，她心裡是這樣想的；」白王后說：「她正是想抵賴這些事，只是不知道該如何來抵賴。」

「卑鄙惡劣的品質，」紅王后評論說。

接著沒有人開口說話了，氣氛十分尷尬。最後，還是紅王后打破了沈默，她對白王后說：「今天下午，我邀請你參加愛麗絲的宴會。」

白王后微笑著說：「我也邀請你。」

「我根本不知道有這麼一個宴會。要是真有這個宴會，我想應該請些客人來。」愛麗絲驚奇地說。

「我們給你這個機會。」紅王后說，「不過，我敢說你還沒有上過多少禮儀課。」

「我們的課程裡不教禮儀課。」愛麗絲說：「課堂上，我們只學算術之類的東西。」

「你會做加法嗎？」白王后問：「一加一加一加一加一加一加一加一加一加一，是多少？」

「我不知道，」愛麗絲說：「我數不過來。」

「她不會做加法。」紅王后打斷說：「你會做減法嗎？八減九是多少？」

「八減九，我不會。」愛麗絲立刻回答了，「不過……」

「她也不會做減法。」白王后說：「那麼你會做除法嗎？一把刀除一個麵包，答案是什麼？」

「我想……」沒等愛麗絲說完，紅王后就替她回答了：「當然是麵包加黃油了。還是再做一道減法吧！一隻狗減去一根肉骨頭，還剩什麼？」

愛麗絲考慮了一會說：「如果我拿走了骨頭，骨頭當然也不剩了，而且狗也不會留下了，牠會來咬我，所以我也不該留下了。」

「那麼，你是說沒有東西留下了？」紅王后說。

「我認為這就是答案。」

「你又錯了！」紅王后說：「狗脾氣還在。」

「可是，我不明白，怎麼……」

「瞧，狗會發脾氣，是不是？」

「或許是的。」愛麗絲小心地回答。

「那麼，要是狗跑了，牠發的脾氣就留下來了。」紅王后得意洋洋地嚷著。

愛麗絲盡可能顯得極其嚴肅認真，她說：「可以用不同的方法去思考。」但她又情不自禁地想：「我們都在談些無聊的廢話呀！」

這時兩位王后異口同聲地說：「她什麼算術都不會。」

「你會做算術嗎？」愛麗絲突然轉向白王后問，因為她不願意被別人評頭論足。

白王后喘了口氣，閉著眼睛說：「我會做加法，如果你給我時間……但減法，我無論如何也不會算。」

「你認識字母嗎。」紅王后問愛麗絲。

「當然認識。」愛麗絲說。

「我也認識！」白王后低聲地說：「我們以後一起讀書，親愛的！我告訴你一個秘密，我能從一個字母中念出好幾個字。這難道不是很了不起的事？哦，你可別泄氣，總有一天，你也會做到的。」

這時，紅王后又開口了：「你能回答我一些實用的問題嗎？比如說，麵包是怎麼做成的？」

「這個我知道！」愛麗絲急切地回答說：「先拿些麵粉……」

「你在哪裡能摘到麵粉？……」白王后問：「在花園裡還是在樹籬中？」

「麵粉不是摘的，而是磨的……」

「那塊地有多少畝？」白王后問：「你不可能老是忽略這些問題，你應該先把它們解釋清楚。」

「快給她搧搧頭，她動了這麼多腦筋，肯定會發燒的。」紅王后迫不及待地打斷了她們。說幹就幹，於是她們用幾把樹葉給愛麗絲搧風。
愛麗絲的頭髮就這樣被吹得亂七八糟。她只得請求他們趕快停下來。
「她現在清醒多了！」紅王后說：「你懂法語嗎？Fiddle-de-dee's'法語是怎麼說的？」
「Fiddle-de-dee's'不是英語。」愛麗絲一本正經地回答。
「誰說它是英語？」紅王后說。
這次愛麗絲想出了個擺脫困境的好方法，她得意洋洋地大聲說：「如果你們能告訴我Fiddle-de-dee's'是什麼語言，那我就告訴你們這個詞法語是怎麼說的。」
這時，紅王后站了起來，語調生硬地說：「王后們是從來不作交易的。」
「我可真希望王后們永遠不要提這樣或那樣的問題，」愛麗絲心裡想。
「我們不要再爭吵了！」白王后這時焦急地說：「你知道閃電的原因嗎？」
愛麗絲這次信心十足，十分有把握地說：「因為打雷，才會閃電……哦，不，我說錯了，」她馬上糾正說：「我說了另一個意思。」
「現在想糾正已經太晚了。」紅王后說：「你一旦說出口，就不能再改了，而且你必須承擔其後果。」

「這倒提醒了我……」白王后說。她低著頭，雙手交叉著，一會兒緊握，一會兒又鬆開，顯得局促不安的樣子，「上星期二，這兒下了一場多麼大的雷雨啊！我是說過去的幾個星期二中的其中一天。」

愛麗絲給弄糊塗了，她說：「在我們國家裡，在同一個時間裡，只能有一個星期二呀！」

紅王后說：「那你們的時間太不寬裕了。我們這裡在同一個時間裡，大多數都有兩三個白天和晚上。冬天，有時為了更暖和些，我們把五個晚上集中在一起。你懂嗎？」

「那麼，五個晚上要比一個晚上暖和嗎？」愛麗絲大膽地問。

「當然，要暖和五倍。」

「但是，如果這麼說，也會寒冷五倍了。」

「確實如此！」紅王后喊道：「五倍的暖和，五倍的寒冷，就像我比你多五倍的財富，比你聰明五倍那樣。」

愛麗絲嘆了口氣，不再說什麼了，心想：這簡直是沒有謎底的謎語，讓人永遠也弄不明白。

「矮胖子也知道這些，」白王后繼續說道，聲音低得像是在和自己說話，「他手裡拿著瓶塞鑽到門口來過……」

「他來幹什麼？」紅王后問。
「他說他想進來。」白王后接著說：「因為他正在找一頭河馬，可是碰巧那天早晨房間裡沒有河馬。」
「那麼，平時有河馬嗎？」愛麗絲驚奇地問。「哦，只是在星期四才有。」白王后回答道。
「我知道他來幹什麼。」愛麗絲說：「他是來懲罰那些魚的，因為……」
白王后又插話了，「你簡直不能想像，那場雷雨有多大?!（紅王后插嘴說：「愛麗絲是永遠無法想像的。」）一部分屋頂被壓坍了。鑽進了那麼多雷，在屋子裡到處亂滾亂竄，撞翻了桌子及其它一些家具，嚇得我連自己的名字都忘了。」
愛麗絲心想：「如果是我，我可不會在這種緊張的時候去想什麼……自己的名字；這有什麼作用呢？」但她沒有說出口，因為她怕得罪了可憐的王后。
「陛下一定要原諒她。」紅王后邊說邊拉著白王后的一隻手，溫柔地撫摸著，「她的心是好的，但總是免不了說些傻話。這是規律。」
白王后膽怯地看著愛麗絲。愛麗絲想說些安慰的話，但一時又不知該說些什麼。
「她並沒有受過良好的教育，」紅王后接著說：「但奇怪的是她的脾氣都這麼好。要是你輕輕拍拍她的頭，她會多高興呀！」愛麗絲不敢這麼做。

「若我們為她做點好事，比如把她的頭髮放在紙上，就會產生難以預料的效果。」

這時白王后深深嘆了口氣，把頭靠在愛麗絲的肩上，呻吟地說：「我太睏了。」

「她太累了，真可憐！」紅王后說：「給她順順頭髮，把你的睡帽借給她用用，再為她唱一首搖籃曲吧！」

愛麗絲很想照她的話做，可是她說：「我沒有睡帽，而且我也不會唱任何溫柔的搖籃曲。」

「那麼，我只好自己唱了，」紅王后說完就唱了起來——

睡吧！夫人，睡在愛麗絲的膝旁！

宴會開始前，我們有小睡的時間。

宴會結束後，紅王后、白王后、愛麗絲，

和我們大家一起去跳舞！

「現在你知道歌詞了，」紅王后說著，也把頭靠在愛麗絲的另一個肩膀上，「唱給我聽聽，我也睏了。」

不一會兒，兩個王后就大聲打著呼嚕睡著了。

「現在我該幹什麼呢？」愛麗絲不知所措地環顧著四周，只見先是一顆圓圓的腦袋，接著又是一顆圓圓的腦袋從她的肩上滑了下來，然後又像兩個沈重的小土堆般壓在她的腿上。「這種事我以前從未碰到過；一個人得同時照顧兩個睡著的王后，大概在整個英國史上也是前所未有的。你知道這是為什麼嗎？因為我們不能同時有兩個王后。醒醒，快醒醒吧！這些沈重的傢伙。」她極不耐煩地說。可除了她們輕微的鼾聲，任何反應都沒有。

鼾聲越來越明顯了，而且聽上去似乎像一首曲調，最後愛麗絲甚至能聽得出曲調中的歌詞了。她急於想聽懂歌中所唱的，以至於當兩個王后的兩顆大腦

袋突然從她的腿上消失時，她都沒有注意到。

此時，愛麗絲正在一座拱門前，門的上面用大寫字母寫著「愛麗絲女王」。門的兩旁有一個門鈴的拉手，一個寫著「賓客專用」，另一個寫著「僕人專用」。

「我要等歌唱完之後再去拉鈴。可是我該拉……拉……哪個鈴呢？」愛麗絲說，她被拉手上的字難住了，「我既不是賓客，也不是僕人；我想，應該有一個專給王后用的門鈴呀！」

正在這時，大門開了一條縫，一個長著長嘴的傢伙伸出頭來說：「下星期之前不能進來！」說完，砰的一聲把門又關上了。

愛麗絲又是敲門，又是拉鈴，忙了老半天，門還是緊閉著。最後，一隻坐在樹上的老青蛙站了起來，他身穿淡黃的衣服，腳蹬著一雙大靴子，搖搖晃晃地朝愛麗絲走來了。

「幹什麼？」老青蛙用低沈而又嘶啞的聲音問。

愛麗絲轉過身來。她正準備找別人的岔子，於是就怒氣沖沖地問：「管門的僕人都到哪裡去了？為什麼沒有人來開門？」

「開─哪─扇─門？」青蛙問。

「當然是這扇門。」青蛙那副慢吞吞的說話樣子，把愛麗絲氣得簡直要跺腳了。

青蛙用他那又大又遲鈍的眼睛緊緊盯著那扇大門，隨後靠近一些，用大拇指在門上搓了搓，好像在試試門上的油漆是不是擦得掉，然後他又看著愛麗絲。

「還不快給大門回答？」他說：「大門一直在問你呢！」他的聲音又啞又低，愛麗絲根本聽不出他在說些什麼。

「我不明白你在說些什麼？」愛麗絲說。

「我說的難道不是英語嗎？」青蛙接著說：「要嘛，就是你耳聾了！大門問你在幹什麼？」

「什麼也沒問，」愛麗絲不耐煩地答道：「我一直在敲門。」

「不該敲，不該敲，你應該用腳踢才對呀！」青蛙嘟囔著，然後走上前去，用他的大腳朝門踢了一下。他搖搖晃晃地回到樹下，氣喘吁吁地說：「你讓他去，不必理他。他也不會來理你。」
這時，門突然開了，從裡面傳出了尖尖的聲音，正在那裡唱道——

愛麗絲對著鏡子中的世界說：
「我手持蘆杖，頭頂王冠，
讓鏡子裡的所有人？不管他們是誰，
都來同紅王后、白王后和我共餐！」

接著成百個聲音一起合唱——

儘快斟滿自己的酒杯，
鈕釦和米糠飯滿桌都是，
咖啡裡放了貓，老鼠也放進了茶裡，
三十乘三歡迎我們的愛麗絲女王。

隨後傳來一陣陣歡呼的嘈雜聲。愛麗絲心想：「三十乘三不就等於九十！我真懷疑難道有人真的在數？」她沈默了片刻，那個尖尖的聲音又唱道——

「哦，鏡子裡的人們，」愛麗絲說：「快快靠攏！
見到我是幸福，聽我的話會受寵，
與紅王后、白王后和我共餐，
這是最大的榮幸！」

然後又是合唱——

糖漿和水倒滿玻璃杯，
大家來共同歡飲吧！
蘋果酒裡摻沙子，葡萄酒裡摻羊毛，

九十乘九歡迎我們的愛麗絲女王。

「九十乘九，」愛麗絲失望地說道：「哦，那得要等到何年何月？我最好馬上就進去……」

愛麗絲走進了一個大廳。她不安地朝餐桌上掃了一眼。她發現在座的大約有五十位各種各樣的客人，飛禽走獸，幾乎什麼都有，甚至其中還有幾位鮮花。「我真高興他們沒等邀請就都來了；」她想：「更何況，我也不知道該請誰呢！」

在桌子的主位旁放著三張椅子，紅王后和白王后早已就座，中間的椅子還空著，愛麗絲就坐了下來。大家沈默著。愛麗絲非常盼望有誰能說說話，她覺得很不自在。

紅王后終於開口說話了：「很可惜你沒嘗到湯和魚。現在上腿肉吧！」接著侍者就把一條羊腿放在愛麗絲面前。愛麗絲不安地看著。以前她可從未切過腿肉呢。

「看來你有點害羞。讓我來給你介紹一下這隻羊腿吧！」紅王后說：「愛麗絲，這是羊腿；羊腿，這是愛麗絲。」這時盤子裡的羊腿站了起來，朝愛麗絲微微鞠了一躬。

愛麗絲真覺得有些哭笑不得，但她還是很有禮貌地還了禮。

「我給你們切一片，好嗎？」愛麗絲說著，拿起刀叉，看了看兩位王后。

「不行，不行！」紅王后果斷地說：「去切割剛被介紹給你的那一位，禮儀上是不允許的。快把它端走吧！」侍者端走了羊腿，又換上了一大盤葡萄乾布丁。

「我希望不要把我介紹給布丁，」愛麗絲急切地說：「否則我們什麼也吃不成了。你要一點布丁嗎！」

但是，紅王后扳著臉，咆哮著：「布丁，這是愛麗絲；愛麗絲，這是布丁。快把布丁端走吧！」愛麗絲還沒來得及還禮，侍者就把布丁端走了。

可是，愛麗絲不明白為什麼只有紅王后才能發號施令？為了試一試，她也喊道：「侍者，把布丁端回來！」果然，布丁像變戲法般，又在她面前出現了，而且大得出奇。這使愛麗絲不禁感到有些膽怯；這種感覺就像剛才端上羊腿時一樣。她盡力鎮靜下來，切一點布丁，遞給紅王后。

「太無禮了，你這傢伙！」布丁說：「要

是我從你身上也切下一片，你會怎麼樣？」

布丁用沙啞而又含糊不清的聲音說著話，愛麗絲無話可說了，只能默默地坐在那裡，喘著氣看著它。

「說話呀！」紅王后這時開口了，「所有的話都由布丁說了，不是太可笑了嗎？」

「你知道，我今天反反覆覆聽到了許多許多詩。」愛麗絲說話了，有點覺得奇怪，只要她一開口說話，周圍就像死一般寂靜，所有目光都集中在她身上。「這確實是一件不可思議的事，我覺得每首詩或多或少都提到魚。你能告訴我嗎？為什麼這裡大家都這麼喜歡魚？」愛麗絲問。

可是，紅王后卻答非所問，「至於魚嘛！」她湊到愛麗絲的身旁，一本正經而又慢條斯理地說：「白王后陛下知道一個可愛的謎語，全部是由詩來表示的各種各樣的魚，請她念給你聽聽好嗎？」

「紅王后陛下真客氣！」白王后在愛麗絲耳邊輕輕地說，聲音簡直像鴿子咕咕叫，「是有這麼一回事，念給你聽好嗎？」

「請念吧！」愛麗絲彬彬有禮地說。

「首先要把魚捉到。」

這容易，一個嬰兒能做到。

「其次要把魚買到。」

這容易，一個便士能買到。

「現在給我快煎魚！」

這容易，一分鐘後能煎好。

「把魚盛在盤子裡！」

這容易，魚兒們早已在那裡。

「快拿魚兒來讓我嘗！」

這容易？只要把盤子往桌上放。

「再把魚盤蓋打開！」

啊，這太難，恐怕我並辦不到。

盤子幾乎黏蓋子，
中間的盤蓋也粘著。
什麼最容易，
是揭開魚盤蓋，還是說出謎底？

「先想一想，然後再猜吧！」紅王后說：

「同時，我們為你的健康舉杯祝福——祝愛麗

絲女王身體健康！」她扯著嗓門大聲尖叫著。緊接著，所有的客人都一飲而盡，可他們喝酒的樣子卻非常奇怪。有的把杯子放在頭頂上，簡直像個滅火器，讓酒順著臉頰淌下來；另一些人把酒瓶倒翻，吮吸著那些從桌邊流下來的酒；還有兩、三個人看起來像袋鼠類動物，爬進了盛著烤羊肉的盤子裡，貪婪地舐食著肉汁。

「這簡直像豬糟裡的豬！」愛麗絲心想。

「你應該用簡潔的語言，對大家的祝福表示感謝！」紅王后綯著眉頭對愛麗絲說。

「你知道嗎？我們一定會支持你的，」白王后輕聲說。

愛麗絲雖然有些害怕，但還是恭恭敬敬地站了起來。

「謝謝諸位！」愛麗絲輕聲答謝道：「……不過，沒有你們的支持，我一定也能夠講好。」

「不是那麼回事。」紅王后果斷地答道。為此，愛麗絲只得大大方方地讓步了。

（後來愛麗絲向她姊姊講述宴會的情景時說：「他們就這麼樣擠我，你可能會以為他們想把我擠扁呢！」）

實際上，當愛麗絲發言時，她根本無法停在她的位置上。

那兩個王后一邊一個地使勁擠著她，幾乎要把她擠到半空中去了。「我站起來向諸位致謝……」愛麗絲開始發言了。她發言時，確確實實升起來了，離地面有幾吋；但她盡力抓著桌邊，把自己又拉回了地面。

「小心！」白王后雙手抓住愛麗絲的頭髮大聲尖叫著：「要出事了！」

果然（正像愛麗絲後來講述的那樣），正在這時，各種各樣的事情發生了。蠟燭長得碰到天花板了，看上去就像放著焰火的燈心草花壇。至於那些酒瓶，它們各自拿了一對盤子，迫不及待地裝在自己身上，當作翅膀和腿，拍著翅膀到處亂飛亂跑。愛麗絲心想：「它們看上去多像會飛的鳥啊！」她心裡很明白，這一切只不過是這場可怕的混亂的開頭罷了。

正在這時，她突然聽見一聲嘶啞的笑聲。她轉過身，想看看白王后究竟怎麼了，可是坐在椅子上的不是王后，而是一條羊腿。「我在這兒呀！」喊聲是從湯盤裡發出的。愛麗絲又轉過身去，正好看見白王后那張寬闊而又和藹的臉，在湯盤邊對她笑了笑；一眨眼又消失在湯盤裡了。

霎時，一些客人都已躺倒在盤子裡了，而湯勺卻從餐桌上朝愛麗絲走來，並且很不耐煩地向她揮揮手，要她讓路。

「我實在忍無可忍了，」愛麗絲邊喊邊跳了起來，雙手抓著桌布，使勁一拉。不料桌上所有鍋、碗、瓢、客人及蠟燭全都掉下來了，在地上堆成一大堆。

「至於你……」愛麗絲怒氣沖沖地轉向紅王后說，因為她認為紅王后是造成這一切惡作劇的罪魁禍首。可是這時紅王后已不在她身旁了；原來她已縮成一個像洋娃娃大小的模樣了，正快活地在桌子上追著她的圍巾轉圈圈呢！

要是在別的場合，愛麗絲對此會感到驚奇，可是她現在太興奮了，因此根本不在乎周圍發生的一切。當這個小傢伙正要跳過一只倒在桌子上的玻璃瓶時，被愛麗絲一把抓住了。愛麗絲反反覆覆地說，「我要把你搖得變成小貓！我一定能做到！」

第十章、搖

愛麗絲一面說，一面把紅王后從桌上拿了起來，用盡全身的力氣把她來來回回地搖晃著。

那位紅王后並沒有反抗，只是她的臉變得越來越小了，眼睛越來越大了，而且還發著綠光。

愛麗絲仍然不停地搖啊，搖啊。她發現王后變得越來越矮……越來越胖了……越來越圓……越來越……

第十一章、醒

……啊，這原來是隻貓！

第十二章、誰夢見了誰？

「紅王后陛下，您不應該這樣大聲嗚嗚叫呀！」愛麗絲揉揉眼睛說，她總是愛這樣尊敬地稱呼小貓，而且還帶著幾分嚴厲呢！「你把我從這麼美好的夢中喚醒了。小貓咪，親愛的，知道嗎，你已經和我一起遊歷了整個鏡中世界。」

愛麗絲曾經說過，小貓有個壞習慣，那就是不管你對牠說什麼，牠總是嗚嗚地叫。她還說過：「如果牠們能把嗚表示『是』，瞄表示『不』的話，或者還有其它什麼規則，那我就可以和牠們談話了。但是，如果牠們總是不斷重複說一句話，那又怎能同牠們交談呢？」

在這種情況下，小貓只會嗚嗚叫，可是真猜不透牠究竟是說「是」還是「不」。

接著，愛麗絲從桌上的國際象棋中找出了紅王后，然後跪在地上，把小貓和紅王后面對面地放在一起。

「小貓咪，」她得意洋洋地拍著手叫道：「趕快承認吧！這就是你所變的樣子。」

（後來愛麗絲對她姊姊解釋時說：「小貓不願看她，牠轉過頭去，假裝沒看見紅王后。可是，牠的臉上卻有點羞愧的神色！所以，我認為牠一定當過紅王后。」）

「親愛的，坐得挺一些！」愛麗絲快活地笑著說：「快行個禮吧！你又在想……想嗚嗚叫了。快，別浪費時間了，」她抱起了小貓，輕輕吻了一下，「記住，這是祝賀你曾經當過紅王后啊！」

「雪花，我的小寵物！」她一邊說，一邊轉過頭看小白貓。

這時，小白貓仍然很安靜地蹲在那

個澡盆裡，「黛娜什麼時候才能給您這位白王后陛下打扮好呢？小白貓在我夢中總是很髒，原因大概要歸於老貓呢？黛娜，你不知道這是在給白王后陛下擦洗嗎？真是，這簡直太失禮了！」

「嗯，黛娜曾變成什麼呢？」愛麗絲輕鬆地臥在地毯上，用一隻胳膊肘撐在地上，手托著下巴，看著這些貓，繼續嘮嘮叨叨著。

「快告訴我，黛娜。我想你大概當過矮胖子吧！但我不能肯定，所以你最好還是不要向朋友們提起這件事。

「順便提一下，小貓咪，要是在夢中，你真的和我一起經歷了整個鏡子世界的話，你也一定聽到許多有關魚的詩，明天早晨，你們一定會有一頓美餐了。當你們用餐時，我要為你們念一首詩，詩名叫《海象和木匠》。然後，你們就會確信裡面真的有牡蠣了，親愛的！

「現在，小貓咪，讓我們來想一想夢裡都有些什麼人？這可是個重要的問題呀！親愛的，可別老是舔你的爪子，好像黛娜今天早晨沒給你洗過臉。你看，小貓咪，這到底是我在做夢還是紅棋國王在做夢呢？當然啦，他只是我夢中的一個角色而已，不過我也是他夢中的一個角色罷了。小貓咪，你應該知道這一切，因為你曾經是他的王后呀！哦，小貓咪，先幫我弄明白這個問題，等一會兒再去舔你的爪子。」

可是，那隻淘氣的小貓咪假裝什麼也沒聽見，又開始舔牠的另一隻爪子了。
你們認為那是什麼？

滿天彩霞中，
一條小船使出了港灣，
這是七月的一個夜晚。

三個孩子依偎在一起，
豎著耳朵，睜大了眼睛，
傾聽著一個簡單的故事。

晴空早已蒼白，
回聲與記憶都已消逝，
秋霜早已把七月取代。

愛麗絲的幻影仍舊縈繞心頭，
雖然我無法看到，
但她仍在空中跳動。

孩子們聽著這個故事，
豎著耳朵，睜大了眼睛，
漸漸地陶醉於這動人的故事之中。

他們依舊在一片夢境中，
歲月在夢幻中消逝，
夏日在夢幻中西下。

沿著那條小溪漂流而去——
蕩漾在金閃閃的餘光之中——
生活不就是一場夢嗎？

〈全書終〉

國家圖書館出版品預行編目資料

愛麗絲鏡中奇遇／路易斯・卡羅／著，李樺／譯
-- 二版 -- 新北市：新潮社，2021.02
面；　公分
譯自：Through the looking-glass
ISBN 978-986-316-786-0（平裝）

873.596　　109019046

愛麗絲鏡中奇遇

路易斯・卡羅／著
李樺／譯

【策　劃】林郁
【制　作】天蠍座文創
【出　版】新潮社文化事業有限公司
電話：(02) 8666-5711
傳真：(02) 8666-5833
E-mail：service@xcsbook.com.tw

【總經銷】創智文化有限公司
新北市土城區忠承路 89 號 6F（永寧科技園區）
電話：2268-3489
傳真：2269-6560

印前作業　菩薩蠻數位文化有限公司

二　　版　2021 年 02 月